AF556480

माटी की मूरतें

माटी की मूरतें

श्रीरामवृक्ष बेनीपुरी

ज्ञान गंगा, दिल्ली

प्रकाशक : ज्ञान गंगा, 2/42, अंसारी रोड, दरियागंज, नई दिल्ली-110002
सर्वाधिकार : सुरक्षित / संस्करण : 2026 / मूल्य : चार सौ रुपए
मुद्रक : नरुला प्रिंटर्स, दिल्ली
ISBN 978-93-80183-26-8

MAATI KI MOORTEN
by Shriramvriksha Benipuri
₹ 400.00
Published by **GYAN GANGA**
2/42, Ansari Road, Daryaganj, New Delhi-110002

नवीन संस्करण

यह 'माटी की मूरतें' सोने की मूरतें सिद्ध हुईं। छह साल में इसकी ६० हजार प्रतियाँ बिक चुकीं। इस नवीन संस्करण में एक मूरत और जोड़ दी गई है—रजिया। क्रम में भी कुछ परिवर्तन किया गया है और पाठ में भी। इसे आदि से अंत तक सचित्र भी कर दिया गया है। क्या मैं आशा करूँ, इस नए रूप में यह और भी पसंद की जाएगी?

गंगा दशहरा, १९५३

—श्रीरामवृक्ष बेनीपुरी

ये माटी की मूरतें

जब कभी आप गाँव की ओर निकले होंगे, आपने देखा होगा, किसी बड़ या पीपल के पेड़ के नीचे, चबूतरे पर कुछ मूरतें रखी हैं—माटी की मूरतें!

ये मूरतें—न इनमें कोई खूबसूरती है, न रंगीनी। फलतः बौद्ध या ग्रीक रोमन मूर्तियों के हम शैदाई यदि उनमें कोई दिलचस्पी न लें, उन्हें देखते ही मुँह मोड़ लें, नाक सिकोड़ लें तो अचरज की कौन सी बात?

किंतु इन कुरूप, बदशकल मूरतों में भी एक चीज है, शायद उस ओर हमारा ध्यान नहीं गया, वह है जिंदगी! ये माटी की बनी हैं, माटी पर धरी हैं; इसीलिए जिंदगी के नजदीक हैं, जिंदगी से सराबोर हैं। ये देखती हैं, सुनती हैं, खुश होती हैं; शाप देती हैं, आशीर्वाद देती हैं।

ये मूरतें न तो किसी आसमानी देवता की होती हैं, न अवतारी देवता की। गाँव के ही किसी साधारण व्यक्ति—मिट्टी के पुतले—ने किसी असाधारण-अलौकिक धर्म के कारण एक दिन देवत्व प्राप्त कर लिया, देवता में गिना जाने लगा और गाँव के व्यक्ति-व्यक्ति के सुख-दुःख का द्रष्टा-स्रष्टा बन गया।

मिट्टी के उन पुतलों की ये माटी की मूरतें! हाँ, ये देखती हैं, सुनती हैं; खुश होती हैं, नाराज होती हैं। खुश हुईं—संतान मिली, अच्छी फसल मिली, यात्रा में सुख मिला, मुकदमे में जीत मिली। इनकी

नाराजगी—बीमार पड़ गए, महामारी फैली, फसल पर ओले गिरे, घर में आग लग गई।

ये जिंदगी के नजदीक ही नहीं हैं, जिंदगी में समाई हुई हैं। इसलिए जिंदगी के हर पुजारी का सिर इनके नजदीक आप-ही-आप झुका है। बौद्ध और ग्रीक-रोमन मूतियाँ दर्शनीय हैं, वंदनीय हैं; तो माटी की ये मूरतें भी उपेक्षणीय नहीं, आपसे हमारा निवेदन सिर्फ इतना है।

□

आपने राजा-रानी की कहानियाँ पढ़ी हैं, ऋषि-मुनि की कथाएँ बाँची हैं, नायकों और नेताओं की जीवनियों का अध्ययन किया है। वे कहानियाँ, वे कथाएँ, वे जीवनियाँ! कैसी मनोरंजक, कैसी प्रोज्ज्वल, कैसी उत्साहवर्द्धक! हमें दिन-दिन उनका अध्ययन, मनन, अनुशीलन करना ही चाहिए।

किंतु, क्या आपने कभी सोचा है, आपके गाँवों में भी कुछ ऐसे लोग हैं, जिनकी कहानियाँ, कथाएँ और जीवनियाँ राजा-रानियों, ऋषि-मुनियों, नायकों-नेताओं की कहानियों, कथाओं और जीवनियों से कम मनोरंजक, प्रोज्ज्वल और उत्साहवर्द्धक नहीं। किंतु शकुंतला, वसिष्ट, शिवाजी और नेताजी पर मरनेवाले हम अपने गाँव की बुधिया, बालगोबिन भगत, बलदेव सिंह और देव की ओर देखने की भी फुरसत कहाँ पाते हैं?

हजारीबाग सेंट्रल जेल के एकांत जीवन में अचानक मेरे गाँव और मेरे ननिहाल के कुछ ऐसे लोगों की मूरतें मेरी आँखों के सामने आकर नाचने और मेरी कलम से चित्रण की याचना करने लगीं। उनकी इस याचना में कुछ ऐसा जोर था कि अंततः यह 'माटी की मूरतें' तैयार होकर रही। हाँ, जेल में रहने के कारण बैजू मामा भी इनकी पाँत में आ बैठे और अपनी मूरत मुझसे गढ़वा ही ली।

मैं साफ कह दूँ, ये कहानियाँ नहीं, जीवनियाँ हैं! ये चलते-फिरते आदमियों के शब्दचित्र हैं। मानता हूँ, कला ने उनपर पच्चीकारी की है; किंतु मैंने ऐसा नहीं होने दिया कि रंग-रंग में मूल रेखाएँ ही गायब हो जाएँ। मैं उसे अच्छा रसोइया नहीं समझता, जो इतना मसाला रख दे कि

सब्जी का मूल स्वाद ही नष्ट हो जाए।

कला का काम जीवन को छिपाना नहीं, उसे उभारना है। कला वह, जिसे पाकर जिंदगी निखर उठे, चमक उठे।

डरता था, सोने-चाँदी के इस युग में मेरी ये 'माटी की मूरतें' कैसी पूजा पाती हैं! किंतु, इधर इनमें से कुछ जो प्रकाश में आईं, हिंदी-संसार ने उन्हें सिर-आँखों पर लिया। यह मेरी कलम या कला की करामात नहीं, मानवता के मन में मिट्टी के प्रति जो स्वाभाविक स्नेह है, उसका परिणाम है। उस स्नेह के प्रति मैं बार-बार सिर झुकाता हूँ और कामना करता हूँ, कुछ और ऐसी 'माटी की मूरतें' हिंदी-संसार की सेवा में उपस्थित करने का सौभाग्य प्राप्त कर सकूँ।

दीवाली, १९४६

—श्रीरामवृक्ष बेनीपुरी

अनुक्रम

रजिया

कानों में चाँदी की बालियाँ, गले में चाँदी का हैकल, हाथों में चाँदी के कंगन और पैरों में चाँदी की गोड़ाँई—भरबाँह की बूटेदार कमीज पहने, काली साड़ी के छोर को गले में लपेटे, गोरे चेहरे पर लटकते हुए कुछ बालों को सँभालने में परेशान वह छोटी सी लड़की, जो उस दिन मेरे सामने आकर खड़ी हो गई थी—अपने बचपन की उस रजिया की स्मृति ताजा हो उठी, जब मैं अभी उस दिन अचानक उसके गाँव में जा पहुँचा।

हाँ, यह मेरे बचपन की बात है। मैं कसाईखाने से रस्सी तुड़ाकर भागे हुए बछड़े की तरह उछलता हुआ अभी-अभी स्कूल से आया था और बरामदे की चौकी पर अपना बस्ता-सिलेट पटककर मौसी से छठ में पके ठेकुए लेकर उसे कुतर-कुतरकर खाता हुआ ढेंकी पर झूला झूलने का मजा पूरा करना चाह रहा था कि उधर से आवाज आई—'देखना, बबुआ का खाना मत छू देना।' और, उसी आवाज के साथ मैंने देखा, यह अजीब रूप-रंग की लड़की मुझसे दो-तीन गज आगे खड़ी हो गई।

मेरे लिए यह रूप-रंग सचमुच अजीब था। ठेठ हिंदुओं की बस्ती है मेरी और मुझे मेले-पेठिए में भी अधिक नहीं जाने दिया जाता।

क्योंकि सुना है, बचपन में मैं एक मेले में खो गया था। मुझे कोई औघड़ लिये जा रहा था कि गाँव की एक लड़की की नजर पड़ी और मेरा उद्धार हुआ। मैं बाप-माँ का इकलौता—माँ चल बसी थीं। इसलिए उनकी इस एकमात्र धरोहर को मौसी आँखों में जुगोकर रखतीं। मेरे गाँव में भी लड़कियों की कमी नहीं; किंतु न उनकी यह वेश-भूषा, न यह रूप-रंग! मेरे गाँव की लड़कियाँ कानों में बालियाँ कहाँ डालतीं और भरबाँह की कमीज पहने भी उन्हें कभी नहीं देखा। और, गोरे चेहरे तो मिले हैं, किंतु इसकी आँखों में जो एक अजीब किस्म का नीलापन दीखता, वह कहाँ? और, समूचे चेहरे की काट भी कुछ निराली जरूर—तभी तो मैं उसे एकटक घूरने लगा।

यह बोली थी रजिया की माँ, जिसे प्रायः ही अपने गाँव में चूड़ियों की खँचिया लेकर आते देखता आया था। वह मेरे आँगन में चूड़ियों का बाजार पसारकर बैठी थी और कितनी बहू-बेटियाँ उसे घेरे हुई थीं। मुँह से भाव-साव करती और हाथ से खरीदारिनों के हाथ में चूड़ियाँ चढ़ाती वह सौदे पटाए जा रही थी। अब तक उसे अकेले ही आते-जाते देखा था; हाँ, कभी-कभी उसके पीछे कोई मर्द होता, जो चूड़ियों की खाँची ढोता। यह बच्ची आज पहली बार आई थी और न जाने किस बाल-सुलभ उत्सुकता ने उसे मेरी ओर खींच लिया था। शायद वह यह भी नहीं जानती थी कि किसी के हाथ का खाना किसी के निकट पहुँचने से ही छू जाता है। माँ जब अचानक चीख उठी, वह ठिठकी, सहमी—उसके पैर तो वहीं बँध गए। किंतु इस ठिठक ने उसे मेरे बहुत निकट ला दिया, इसमें संदेह नहीं।

मेरी मौसी झट उठीं, घर में गईं और दो ठेकुए और एक कसार लेकर उसके हाथों में रख दिए। वह लेती नहीं थी, किंतु अपनी माँ के आग्रह पर हाथ में रख तो लिया, किंतु मुँह से नहीं लगाया! मैंने कहा—खाओ न! क्या तुम्हारे घरों में ये सब नहीं बनते? छठ का व्रत नहीं होता? कितने प्रश्न—किंतु सबका जवाब 'न' में ही और वह भी मुँह से नहीं, जरा सा

गरदन हिलाकर। और, गरदन हिलाते ही चेहरे पर गिरे बाल की जो लटें हिल-हिल उठतीं, वह उन्हें परेशानी से सँभालने लगती।

जब उसकी माँ नई खरीदारिनों की तलाश में मेरे आँगन से चली, रजिया भी उसके पीछे हो ली। मैं खाकर, मुँह धोकर अब उसके निकट था और जब वह चली, जैसे उसकी डोर में बँधा थोड़ी दूर तक घिसटता गया। शायद मेरी भावुकता देखकर ही चूड़ीहारिनों के मुँह पर खेलनेवाली अजस्र हँसी और चुहल में ही उसकी माँ बोली—बबुआजी, रजिया से ब्याह कीजिएगा? फिर बेटी की ओर मुखातिब होती मुसकराहट में कहा—क्यों रे रजिया, यह दुलहा तुम्हें पसंद है? उसका यह कहना, कि मैं मुड़कर भागा। ब्याह? एक मुसलमानिन से? अब रजिया की माँ ठठा रही थी और रजिया सिमटकर उसके पैरों में लिपटी थी, कुछ दूर निकल जाने पर मैंने मुड़कर देखा।

□

रजिया, चूड़ीहारिन! वह इसी गाँव की रहनेवाली थी। बचपन में इसी गाँव में रही और जवानी में भी। क्योंकि मुसलमानों की गाँव में भी शादी हो जाती है न! और, यह अच्छा हुआ—क्योंकि बहुत दिनों तक प्रायः उससे अपने गाँव में ही भेंट हो जाया करती थी।

मैं पढ़ते-पढ़ते बढ़ता गया। पढ़ने के लिए शहरों में जाना पड़ा। छुट्टियों में जब-तब आता। इधर रजिया पढ़ तो नहीं सकी, हाँ, बढ़ने में मुझसे पीछे नहीं रही। कुछ दिनों तक अपनी माँ के पीछे-पीछे घूमती फिरी। अभी उसके सिर पर चूड़ियों की खँचिया तो नहीं पड़ी, किंतु, खरीदारिनों के हाथों में चूड़ियाँ पहनाने की कला वह जान गई थी। उसके हाथ मुलायम थे, बहुत मुलायम, नई बहुओं की यही राय थी। वे उसी के हाथ से चूड़ियाँ पहनना पसंद करतीं। उसकी माँ इससे प्रसन्न ही हुई—जब तक रजिया चूड़ियाँ पहनाती, वह नई-नई खरीदारिनें फँसाती।

रजिया बढ़ती गई। जब-जब भेंट होती, मैं पाता, उसके शरीर में

नए-नए विकास हो रहे हैं; शरीर में और स्वभाव में भी। पहली भेंट के बाद पाया था, वह कुछ प्रगल्भ हो गई है। मुझे देखते ही दौड़कर निकट आ जाती, प्रश्न-पर-प्रश्न पूछती। अजीब अटपटे प्रश्न! देखिए तो, ये नई बालियाँ आपको पसंद हैं? क्या शहरों में ऐसी ही बालियाँ पहनी जाती हैं? मेरी माँ शहर से चूड़ियाँ लाती है, मैंने कहा है, वह इस बार मुझे भी ले चले। आप किस तरफ रहते हैं वहाँ? क्या भेंट हो सकेगी? वह बके जाती, मैं सुनता जाता! शायद जवाब की जरूरत वह भी नहीं महसूस करती।

फिर कुछ दिनों के बाद पाया, वह अब कुछ सकुचा रही है। मेरे निकट आने के पहले वह इधर-उधर देखती और जब कुछ बातें करती तो ऐसी चौकन्नी-सी कि कोई देख न ले, सुन न ले। एक दिन जब वह इसी तरह बातें कर रही थी कि मेरी भौजी ने कहा—देखियो री रजिया, बबुआजी को फुसला नहीं लीजियो। वह उनकी ओर देखकर हँस तो पड़ी, किंतु मैंने पाया, उसके दोनों गाल लाल हो गए हैं और उन नीली आँखों के कोने मुझे सजल-से लगे। मैंने तब से ध्यान दिया, जब हम लोग कहीं मिलते हैं, बहुत सी आँखें हम पर भालों की नोक ताने रहती हैं।

रजिया बढ़ती गई, बच्ची से किशोरी हुई और अब जवानी के फूल उसके शरीर पर खिलने लगे हैं। अब भी वह माँ के साथ ही आती है; किंतु पहले वह माँ की एक छाया मात्र लगती थी, अब उसका स्वतंत्र अस्तित्व है और उसकी छाया बनने के लिए कितनों के दिलों में कसमसाहट है। जब वह बहनों को चूड़ियाँ पहनाती होती है, कितने भाई तमाशा देखने को वहाँ एकत्र हो जाते हैं। क्यों? बहनों के प्रति भ्रातृभाव या रजिया के प्रति अज्ञात आकर्षण उन्हें खींच लाता है? जब वह बहुओं के हाथों में चूड़ियाँ ठेलती होती है, पतिदेव दूर खड़े कनखियों से देखते रहते हैं—क्या? अपनी नवोढ़ा की कोमल कलाइयों पर क्रीड़ा करती हुई रजिया की पतली उँगलियों को! और, रजिया को

इसमें रस मिलता है। पतियों से चुहलें करने से भी वह बाज नहीं आती—बाबू, बड़ी महीन चूड़ियाँ हैं! जरा देखिएगा, कहीं चटक न जाएँ! पतिदेव भागते हैं, बहुएँ खिलखिलाती हैं! रजिया ठट्ठा लगाती है। अब वह अपने पेशे में निपुण होती जाती है।

हाँ, रजिया अपने पेशे में भी निपुण होती जाती थी। चूड़ीहारिन के पेशे के लिए सिर्फ यही नहीं चाहिए कि उसके पास रंग-बिरंगी चूड़ियाँ हों—सस्ती, टिकाऊ, टटके-से-टटके फैशन की। बल्कि यह पेशा चूड़ियों के साथ चूड़ीहारिनों में बनाव-शृंगार, रूप-रंग, नाजोअदा भी खोजता है, जो चूड़ी पहननेवालियों को ही नहीं, उनको भी मोह सके, जिनकी जेब से चूड़ियों के लिए पैसे निकलते हैं। सफल चूड़ीहारिन यह रजिया की माँ भी किसी जमाने में क्या कुछ कम रही होगी! खँडहर कहता है, इमारत शानदार थी!

ज्यों-ज्यों शहर में रहना बढ़ता गया, रजिया से भेंट भी दुर्लभ होती गई। और, एक दिन वह भी आया, जब बहुत दिनों पर उसे अपने गाँव में देखा। पाया, उसके पीछे एक नौजवान चूड़ियों की खाँची सिर पर लिये है। मुझे देखते ही वह सहमी, सिकुड़ी और मैंने मान लिया, यह उसका पति है। किंतु तो भी अनजान-सा पूछ ही लिया—इस जमूरे को कहाँ से उठा लाई है रे? इसी से पूछिए, साथ लग गया तो क्या करूँ? नौजवान मुसकराया, रजिया बिहँसी, बोली—यह मेरा खाबिंद है, मालिक!

खाबिंद! बचपन की उस पहली मुलाकात में उसकी माँ ने दिल्लगी-दिल्लगी में जो कह दिया था, न जाने, वह बात कहाँ सोई पड़ी थी! अचानक वह जगी और मेरी पेशानी पर उस दिन शिकन जरूर उठ आए होंगे, मेरा विश्वास है। और, एक दिन वह भी आया कि मैं भी खाबिंद बना! मेरी रानी को सुहाग की चूड़ियाँ पहनाने उस दिन यही रजिया आई, और उस दिन मेरे आँगन में कितनी धूम मचाई इस नटखट ने! यह लूँगी, वह लूँगी और ये मुँहमाँगी चीजें नहीं मिलीं

तो वह लूँगी कि दुलहन टापती रह जाएँगी! हट-हट, तू बबुआजी को ले जाएगी तो फिर तुम्हारा यह हसन क्या करेगा? भौजी ने कहा। यह भी टापता रहेगा बहुरिया, कहकर रजिया ठट्ठा मारकर हँसी और दौड़कर हसन से लिपट गई। ओहो, मेरे राजा, कुछ दूसरा न समझना! हसन भी हँस पड़ा। रजिया अपनी प्रेमकथा सुनाने लगी। किस तरह यह हसन उसके पीछे पड़ा, किस तरह झंझटें आईं, फिर किस तरह शादी हुई और वह आज भी किस तरह छाया-सा उसके पीछे घूमता है। न जाने कौन सा डर लगा रहता है इसे? और फिर, मेरी रानी की कलाई पकड़कर बोली—मालिक भी तुम्हारे पीछे इसी तरह छाया की तरह डोलते रहें, दुलहन! सारा आँगन हँसी से भर गया था। और, उस हँसी में रजिया के कानों की बालियों ने अजीब चमक भर दी थी, मुझे ऐसा ही लगा था।

□

जीवन का रथ खुरदरे पथ पर बढ़ता गया। मेरा भी, रजिया का भी। इसका पता उस दिन चला, जब बहुत दिनों पर उससे अचानक पटना में भेंट हो गई। यह अचानक भेंट तो थी; किंतु क्या इसे भेंट कहा जाए?

मैं अब ज्यादातर घर से दूर-दूर ही रहता। कभी एकाध दिन के लिए घर गया तो शाम को गया, सुबह भागा। तरह-तरह की जिम्मेदारियाँ, तरह-तरह के जंजाल! इन दिनों पटना में था, यों कहिए, पटना सिटी में। एक छोटे से अखबार में था—पीर-बावर्ची-भिश्ती की तरह! यों जो लोग समझते कि मैं संपादक ही हूँ। उन दिनों न इतने अखबार थे, न इतने संपादक। इसलिए मेरी बड़ी कदर है, यह मैं तब जानता जब कभी दफ्तर से निकलता। देखता, लोग मेरी ओर उँगली उठाकर फुसफुसा रहे हैं। लोगों का मुझ पर यह ध्यान—मुझे हमेशा अपनी पद-प्रतिष्ठा का खयाल रखना पड़ता।

एक दिन मैं चौक के एक प्रसिद्ध पानवाले की दुकान पर पान

खा रहा था। मेरे साथ मेरे कुछ प्रशंसक नवयुवक थे। एक-दो बुजुर्ग भी आकर खड़े हो गए। हम पान खा रहे थे और कुछ चुहलें चल रही थीं कि एक बच्चा आया और बोला, 'बाबू, वह औरत आपको बुला रही है।'

औरत! बुला रही है? चौक पर! मैं चौंक पड़ा। युवकों में थोड़ी हलचल, बुजुर्गों के चेहरों पर की रहस्यमयी मुसकान भी मुझसे छिपी नहीं रही। औरत! कौन? मेरे चेहरे पर गुस्सा था, वह लड़का सिटपिटाकर भाग गया।

पान खाकर जब लोग इधर-उधर चले गए, अचानक पाता हूँ, मेरे पैर उसी ओर उठ रहे हैं, जिस ओर उस बच्चे ने उँगली से इशारा किया था। थोड़ी दूर आगे बढ़ने पर पीछे देखा, परिचितों में से कोई देख तो नहीं रहा है। किंतु इस चौक की शाम की रूमानी फिजा में किसी को किसी की ओर देखने की कहाँ फुरसत! मैं आगे बढ़ता गया और वहाँ पहुँचा, जहाँ उससे पूरब वह पीपल का पेड़ है। वहाँ पहुँच ही रहा था कि देखा, पेड़ के नीचे चबूतरे की तरफ से एक स्त्री बढ़ी आ रही है। और निकट पहुँचकर वह कह उठी—'सलाम मालिक!'

धक्का-सा लगा, किंतु पहचानते देर नहीं लगी—उसने ज्यों ही सिर उठाया, चाँदी की बालियाँ जो चमक उठीं!

'रजिया! यहाँ कैसे?' मेरे मुँह से निकल पड़ा।

'सौदा-सुलफ करने आई हूँ, मालिक! अब तो नए किस्म के लोग हो गए न? अब लाख की चूड़ियाँ कहाँ किसी को भाती हैं! नए लोग, नई चूड़ियाँ! साज-सिंगार की कुछ और चीजें भी ले जाती हूँ—पौडर, किलप, क्या-क्या चीजें हैं न। नया जमाना, दुलहनों के नए-नए मिजाज··· !'

फिर जरा सा रुककर बोली, 'सुना था, आप यहीं रहते हैं, मालिक! मैं तो अकसर आया करती हूँ।'

और यह जब तक पूछूँ कि अकेली हो या—कि एक अधवयस्क

आदमी ने आकर सलाम किया। यह हसन था। लंबी-लंबी दाढ़ियाँ, पाँच हाथ का लंबा आदमी, लंबा और मुस्टंडा भी। 'देखिए मालिक, यह आज भी मेरा पीछा नहीं छोड़ता!' यह कहकर रजिया हँस पड़ी। अब रजिया वह नहीं थी, किंतु उसकी हँसी वही थी। वही हँसी, वही चुहल! इधर-उधर की बहुत सी बातें करती रही और न जाने कब तक जारी रखती कि मुझे याद आया, मैं कहाँ खड़ा हूँ और अब मैं कौन हूँ! कोई देख ले तो?

किंतु, वह फुरसत दे तब न! जब मैंने जाने की बात की, हसन की ओर देखकर बोली, 'क्या देखते हो, जरा पान भी तो मालिक को खिलाओ। कितनी बार हुमच-हुमचकर भरपेट ठूँस चुके हो बाबू के घर।'

जब हसन पान लाने चला गया, रजिया ने बताया कि किस तरह दुनिया बदल गई है। अब तो ऐसे भी गाँव हैं, जहाँ के हिंदू मुसलमानों के हाथ से सौदे भी नहीं खरीदते। अब हिंदू चूड़ीहारिनें हैं, हिंदू दर्जी हैं। इसलिए रजिया जैसे खानदानी पेशेवालों को बड़ी दिक्कत हो गई है। किंतु, रजिया ने यह खुशखबरी सुनाई—मेरे गाँव में यह पागलपन नहीं, और मेरी रानी तो सिवा रजिया के किसी दूसरे के हाथ से चूड़ियाँ लेती ही नहीं।

हसन का लाया पान खाकर जब मैं चलने को तैयार हुआ, वह पूछने लगी, 'तुम्हारा डेरा कहाँ है?' मैं बड़े पशोपेश में पड़ा। 'डरिए मत मालिक, अकेले नहीं आऊँगी, यह भी रहेगा। क्यों मेरे राजा?' यह कहकर वह हसन से लिपट पड़ी। 'पगली, पगली, यह शहर है, शहर!' यों हसन ने हँसते हुए बाँहें छुड़ाईं और बोला, 'बाबू, बाल-बच्चोंवाली हो गई, किंतु इसका बचपना नहीं गया।'

और दूसरे दिन पाता हूँ, रजिया मेरे डेरे पर हाजिर है! 'मालिक, ये चूड़ियाँ रानी के लिए।' कहकर मेरे हाथों में चूड़ियाँ रख दीं।

मैंने कहा, 'तुम तो घर पर जाती ही हो, लेती जाओ, वहीं दे देना।'

'नहीं मालिक, एक बार अपने हाथ से भी पिन्हाकर देखिए!' वह खिलखिला पड़ी। और, जब मैंने कहा, 'अब इस उम्र में?' तो वह हसन की ओर देखकर बोली, 'पूछिए इससे, आज तक मुझे यही चूड़ियाँ पिन्हाता है या नहीं?' और, जब हसन कुछ शरमाया, वह बोली, 'घाघ है मालिक, घाघ! कैसा मुँह बना रहा है इस समय! लेकिन जब हाथ-में-हाथ लेता है···' ठठाकर हँस पड़ी, इतने जोर से कि मैं चौंककर चारों तरफ देखने लगा।

□

हाँ, तो अचानक उस दिन उसके गाँव में पहुँच गया। चुनाव का चक्कर—जहाँ न ले जाए, जिस औघट-घाट पर न खड़ा कर दे! नाक में पेट्रोल के धुएँ की गंध, कान में साँय-साँय की आवाज, चेहरे पर गरद-गुबार का अंबार—परेशान, बदहवास; किंतु उस गाँव में ज्यों ही मेरी जीप घुसी, मैं एक खास किस्म की भावना से अभिभूत हो गया।

यह रजिया का गाँव है। यहाँ रजिया रहती थी। किंतु क्या आज मैं यहाँ यह भी पूछ सकता हूँ कि यहाँ कोई रजिया नाम की चुड़ीहारिन रहती थी, या है? हसन का नाम लेने में भी शर्म लगती थी। मैं वहाँ नेता बनकर गया था, मेरी जय-जयकार हो रही थी। कुछ लोग मुझे घेरे खड़े थे। जिसके दरवाजे पर जाकर पान खाऊँगा, वह अपने को बड़भागी समझेगा! जिससे दो बातें कर लूँगा, वह स्वयं चर्चा का एक विषय बन जाएगा। इस समय मुझे कुछ ऊँचाई पर ही रहना चाहिए।

जीप से उतरकर लोगों से बातें कर रहा था, या यों कहिए कि कल्पना के पहाड़ पर खड़े होकर एक आनेवाले स्वर्ण-युग का संदेश लोगों को सुना रहा था, किंतु दिमाग में कुछ गुत्थियाँ उलझी थीं। जीभ अभ्यासवश एक काम किए जा रही थी; अंतर्मन कुछ दूसरा ही ताना-बाना बुन रहा था। दोनों में कोई तारतम्य न था; किंतु इसमें से किसी एक की गति में भी क्या बाधा डाली जा सकती थी?

कि अचानक लो, यह क्या? वह रजिया चली आ रही है!

रजिया! वह बच्ची, अरे, रजिया फिर बच्ची हो गई? कानों में वे ही बालियाँ, गोरे चेहरे पर वे ही नीली आँखें, वही भरबाँह की कमीज, वे ही कुछ लटें, जिन्हें सँभालती बढ़ी आ रही है। बीच में चालीस-पैंतालीस साल का व्यवधान! अरे, मैं सपना तो नहीं देख रहा? दिन में सपना! वह आती है, जबरन ऐसी भीड़ में घुसकर मेरे निकट पहुँचती है, सलाम करती है और मेरा हाथ पकड़कर कहती है, 'चलिए मालिक, मेरे घर।'

मैं भौचक्का, कुछ सूझ नहीं रहा, कुछ समझ में नहीं आ रहा! लोग मुसकरा रहे हैं। नेताजी, आज आपकी कलई खुलकर रही! नहीं, यह सपना है! कि कानों में सुनाई पड़ा, कोई कह रहा है—कैसी शोख लड़की! और दूसरा बोला—ठीक अपनी दादी जैसी! और तीसरे ने मेरे होश की दवा दी—यह रजिया की पोती है, बाबू! बेचारी बीमार पड़ी है। आपकी चर्चा अकसर किया करती है। बड़ी तारीफ करती है। बाबू, फुरसत हो तो जरा देख लीजिए, न जाने बेचारी जीती है या···

मैं रजिया के आँगन में खड़ा हूँ। ये छोटे-छोटे साफ-सुथरे घर, यह लिपा-पुता चिक्कन ढुर-ढुर आँगन! भरी-पूरी गृहस्थी—मेहनत और दयानत की देन। हसन चल बसा है, किंतु अपने पीछे तीन हसन छोड़ गया है। बड़ा बेटा कलकत्ता कमाता है, मँझला पुश्तैनी पेशे में लगा है, छोटा शहर में पढ़ रहा है। यह बच्ची, बड़े बेटे की बेटी। दादा का सिर पोते में, दादी का चेहरा पोती में। हूबहू रजिया! यह दूसरी रजिया मेरी उँगली पकड़े पुकार रही है—दादी, ओ दादी! घर से निकल, मालिक दादा आ गए! किंतु पहली 'वह' रजिया निकल नहीं रही। कैसे निकले? बीमारी के मैले-कुचैले कपड़े में मेरे सामने कैसे आवे?

रजिया ने अपनी पोती को भेज तो दिया, किंतु उसे विश्वास न हुआ कि हवागाड़ी पर आनेवाले नेता अब उसके घर तक आने की तकलीफ कर सकेंगे? और, जब सुना, मैं आ रहा हूँ तो बहुओं से

कहा—जरा मेरे कपड़े तो बदलवा दो—मालिक से कितने दिनों पर भेंट हो रही है न!

उसकी दोनों पतोहुएँ उसे सहारा देकर आँगन में ले आईं। रजिया—हाँ, मेरे सामने रजिया खड़ी थी। दुबली-पतली, रूखी-सूखी। किंतु, जब नजदीक आकर उसने 'मालिक, सलाम' कहा, उसके चेहरे से एक क्षण के लिए झुर्रियाँ कहाँ चली गईं, जिन्होंने उसके चेहरे को मकड़जाला बना रखा था। मैंने देखा, उसका चेहरा अचानक बिजली के बल्ब की तरह चमक उठा और चमक उठीं वे नीली आँखें, जो कोटरों में धँस गई थीं! और, अरे चमक उठी हैं आज फिर वे चाँदी की बालियाँ और देखो, अपने को पवित्र कर लो! उसके चेहरे पर फिर अचानक लटककर चमक रही हैं वे लटें, जिन्हें समय ने धो-पोंछकर शुभ्र-श्वेत बना दिया है।

□

बलदेव सिंह

टूटे हुए तारे की तरह एक दिन हमने अचानक अपने बीच आकर उसे धम्म से गिरता हुआ पाया। ज्योतिर्मय, प्रकाशपुंज, दीप्तिपूर्ण! और, उसी तारे की तरह एक क्षण प्रकाश दिखला, हमें चकाचौंध में डाल वह हमेशा के लिए चलता बना। जिस दिन वह आया, हमें आश्चर्य हुआ; जिस दिन वह गया, हम स्तंभित रह गए।

पूस की भोर थी। खलिहान में धान के बोझों का अंबार लगा था। उनकी रखवाली के लिए जो कुटिया बनी थी, उसके आगे धूनी जल रही थी। खेत में, खलिहान पर, चारों ओर हलका कुहासा छाया हुआ था, जिसे छेदकर आने में सूरज की बाल-किरणों को कष्ट हो रहा था। काफी जाड़ा था; धीरे-धीरे ठंडी हवा सनककर कलेजे को हिला जाती। सब लोग धूनी को घेरे हुए थे, जिसकी लपट खतम हो चुकी थी; हाँ, लाल अंगारे चमक रहे थे। ज्यों-ज्यों अंगारे पर राख की परत पड़ती जाती, हम नजदीक-से-नजदीक होते जाते, मानो हम उन्हें कलेजे में रखना चाहते हों! काफी निस्तब्धता थी। दौनी के लिए खलिहान के बीचोबीच जो बाँस का खंभा गड़ा था, उसके धान के सीसोंवाले झब्बेदार सिरे पर एक काला भुजंगा पंछी बैठा, कभी-कभी चीखकर, उस निस्तब्धता को भंग करने की तुच्छ चेष्टा कर रहा था।

इसी समय एक नौजवान आकर दूर से ही मेरे मामाजी को

देखकर चिल्ला उठा, "पा-लागी, चाचाजी!" हम सबका ध्यान उसकी ओर गया। एक गबरू जवान! अभी मूँछ की मसें भीग रहीं। रंग गोरा, जिस पर बाल-किरणों ने सोना-सा पोत रखा था। दाहिने हाथ में बाँस की लंबी लाल लाठी, बड़ी सजीली, घने पोरवाली, गाव-दुम-सी उतारवाली। बाएँ हाथ में लोटा लिये वह शौचादि से लौट रहा था। बादामी रंग का, मोटिए का जो लंबा खलीता कुरता पहन रखा था, उसके भीतर से उसके शरीर का गठीलापन और सौंदर्य फूटा पड़ता था।

"ओ बलदेव, तुम कब आए? बहुत दिनों पर दिखाई दिए।...पूरब कमाते हो, खुश रहो; लेकिन हम लोगों को भी तो मत भूलो। शायद दो बरस पर आए हो!" यों ही मामाजी ने उससे पूछताछ की। बड़ी आजिजी से उसने क्षमा माँगी, फिर बोला, "चाचाजी, अब सोचा है, यहीं रहूँगा। बहुत दुनिया देखी, मन कहीं न लगा। ननिहाल से भी जी ऊब गया; यह पुश्तैनी जमीन जैसे डोर लगाकर खींचती रहती है। सोचता हूँ, अब आप लोगों की सेवा में ही जिंदगी गुजार दूँ।"

नवयुवकों को जब मालूम हुआ, बलदेव सिंह यहीं बसेंगे, उनके आनंद का ठिकाना न रहा। बलदेव सिंह के पिता भरी जवानी में मरे, बलदेव तब छोटे से बच्चे थे। उनकी माँ उन्हें लेकर मायके चली गई और तब से वह बेचारी वहीं है। जवान होने पर बलदेव पूरब जाने लगे। वहाँ बंगाल में किसी राजा के दरबार में पहलवानी करते। काफी पैसे मिले। अब उन्हें अपनी पुश्तैनी जमीन की याद आई थी।

वह घर जो खँडहर बना था, फिर एक बार आबाद हुआ।

गाँव में उनके आने से नई जान आ गई—जान आ गई, जवानी आ गई। अखाड़ा खुद गया। उसमें कुश्तियाँ होने लगीं। भोर में कुश्तियाँ, शाम को पट्टेबाजी, गदका, लाठी चलाना आदि। पेठियाँ के दिन बलदेव सिंह शिष्य-मंडली के साथ सदल-बल चलते देखते ही बनता।

आगे-आगे बलदेव सिंह जा रहे हैं। पैरों में बूट, जो बंगाल से ही लाए थे। कमर में धोती, जिसे कच्छे की तरह अजीब ढंग से पहनते।

वह घुटनों से थोड़ा ही नीचे जाती, घुटनों के नजदीक उसमें चुन्नट होती, जिससे चलते समय लहराती रहती। लंबा कुरता—गरदन की बगल में, जिसमें एक ही घुंडी। कुरता काफी घेरदार, बाँह का घेरा इतना बड़ा कि हाथी का पैर समा जाए उसमें। गले में सोने की छोटी-छोटी ठोस ताबीजों की पंक्ति, जिसमें कुछ चौकोर और कुछ चंद्राकार। सिर पर कलँगीदार मुरेठा, जिसका एक लंबा छोर उनकी पीठ पर झूलता। हाथ में सरसों का तेल और कच्चा दूध पिला-पिलाकर पोसी-पाली गई, लाल-सुर्ख लंबी लाठी; या कभी-कभी वह मोटा डंडा, जिसमें कुरते के नीचे कमर में लटकती हुई गँड़ासे की फली बात-की-बात में फिट करके वह साक्षात् यम बन सकते थे। अपनी ताकत और हिम्मत का उन्हें इतना विश्वास था कि झूमते हुए, सिर ऊँचा किए, छाती ताने, शेर की तरह चलते। आगे-आगे वह, पीछे-पीछे इसी बन-ठन और रूप-रंग में उनकी शिष्य-मंडली होती। रास्ते में, पेठियाँ में, उनका सुंदर-सुडौल शरीर देखकर किसकी आँखें न निहाल हो उठतीं!

शरीर में इतनी ताकत, लेकिन स्वभाव कैसा—बच्चों-सा निरीह, निर्विकार! चेहरे पर हमेशा हँसी खेलती रहती। सबके साथा नम्रता से पेश आते। कभी गुस्सा उनमें देखा नहीं गया। सबकी सेवा करने को सर्वदा प्रस्तुत! बच्चे उन्हें देखते ही लिपट जाते, बूढ़ों की आँखें हमेशा उनपर आशीर्वाद बरसातीं; जवानों के तो वह देवता बन चुके थे।

□

उन दिनों हिंदू-मुसलमानों की तनातनी नहीं थी। दोनों दूध-चीनी की तरह घुले-मिले थे। हिंदू की होली में मुसलमानों की दाढ़ी रँगी होती, मुसलमानों के ताजिए में हिंदू के कंधे लगे होते।

ताजिए के दिन थे। मेरे गाँव में भी ताजिया बना था, यद्यपि एक भी मुसलमान वहाँ नहीं। एक बूढ़े मौलवी साहब बुलाए गए थे, जो उसके धार्मिक कृत्य कर लेते। हमें सरोकार था सिर्फ ताजिए के निकट हो-हल्ला मचाने से। शाम हुई, जल्द-जल्द खा-पीकर सब लोग एकत्र

हुए। ताशे बज रहे, लकड़ी खेली जा रही, गदके भाँजे जा रहे, पट्टेबाजी हो रही। लाठियों के खेल, तरह-तरह के शारीरिक करतब। औरतें और बच्चे मर्सिया के नाम पर शोर मचा रहे। खेल-कूद में आधी-आधी रात बीत जाती।

ताजिए के 'पहलाम' का दिन आया। गाँव से दूर राजपूतों की एक बस्ती में 'रन' सजता। वहीं जवार भर के ताजिए इकट्ठे किए जाते। लोगों की अपार भीड़, तरह-तरह के रंगीन कपड़ों की चकमक; बूढ़े जवान, बच्चे, औरतें। तरह-तरह के मारू बाजे बज रहे; मर्सिए की मीठी धुन में 'या अली' का गगनभेदी स्वर! दिशाएँ काँपतीं, आसमान थर्राता, कलेजे उछलते। जवार भर के जवानों का तो यही दिन था। बन-ठनके आए हुए हैं। कहीं कुश्तियाँ हो रही हैं, कहीं मेंढ़े लड़ाए जा रहे हैं। कहीं लाठी, गदके और लकड़ी में हाथ की करामातें दिखाई जातीं। देखते-देखते दर्शकों का दल दो मतों में विभाजित हो जाता। कोई एक को शाबाशी देता, कोई दूसरे को। दोनों अपने-अपने 'हीरो' की विजय चाहते। कभी-कभी इस वीर-पूजा के चलते ललकारें लग जातीं, आँखें लाल हो उठतीं, भुजाएँ फड़कने लगतीं; मालूम होता, अब मुठभेड़ होकर ही रहेगी। किंतु प्रायः इस भावना पर बुद्धि की विजय होती। थोड़ी देर में समुद्र का ज्वार शांत हो जाता। फिर आँखों में रस, होंठों पर हँसी।

हम लोग भी अपना ताजिया लिये 'रन' पर पहुँचे थे।

एक जगह मेंढ़े लड़ाए जा रहे थे, मैं उसी को देख रहा था। मेंढ़ों की लड़ाई—वाह, क्या कहना! ये छोटे, झबरीले जानवर, जो अपने मालिकों के पीछे सुधुआ बने फिरते—एक-दूसरे पर किस तरह टूट पड़ते! इनके सींग जब टकराते, जोर के शब्द के साथ जैसे धुआँ-सा उठ जाता। टक्कर-पर-टक्कर—जब तक उनमें से एक गिर न पड़े, या वे अलग-अलग पकड़ न लिये जाएँ। लड़ने से पहले लाल मिर्च उनके मुँह में रखकर जैसे उन्हें और भी उत्तेजित कर दिया जाता। मैं मस्त-मगन हो यह मेंढ़ा-लड़ान देख रहा था, कि···

एकाएक बड़े जोरों का हो-हल्ला हुआ। सभी लोग एक ओर दौड़े जा रहे हैं। और, वहाँ लाठियों की खटाखट जारी है। यह खटाखट खेल की नहीं है; कई सिरों से खून के फव्वारे छूट रहे हैं।

और यह, बीच में, कौन है? बलदेव सिंह! —पुराने हँसमुख, रसीले बलदेव सिंह नहीं! बलदेव सिंह—साक्षात् भीम बने हुए! आँखों से अंगारे झड़ रहे। सिर पर जो एक लाठी लगी थी, उससे खून निकलकर ललाट से होते, भौं के ऊपर, जमकर वह एक लोंदा-सा बन गया था। दोनों हाथों से लाठी पकड़े वह जोरों से चलाए जा रहे थे। जिस ओर इस रूप में निकल जाते, हड़कंप मच जाता। देखिए—यह आदमी उनकी ओर लाठी सँभाले बढ़ा; उसे देखते ही खड़े हो गए। उसने लाठी चला ही तो दी। झट अपनी लाठी के दोनों छोर दोनों हाथों से पकड़कर अपने सिर के ऊपर ले गए। उसकी लाठी की चोट इसी पर ठाँय-सी आकर लगी। दूसरी बार, तीसरी बार। बार-बार वार व्यर्थ जाता देख वह भागा। किंतु, अब बलदेव सिंह की बारी है—बलदेव सिंह की एक लाठी और वह जमीन पर चक्कर खाता गिर पड़ा। अरे, यह क्या होने जा रहा है? चारों ओर हाहाकर मचा था, भगदड़ फैल गई थी। अब वहाँ महाभारत मचकर रहेगा, सब अनुमान कर रहे थे। कौन, किसको, क्या कहकर समझाए? कौन किसकी सुनने जा रहा था? फिर, बिना बलदेव सिंह को शांत किए क्या शांति आ सकती थी?

झट हमारे बूढ़े मामाजी आगे बढ़े। चिल्लाकर कहा, "बलदेव!" बलदेव सिंह को जैसे थरथरी बँध गई। पैर जम गए, हाथ रुक गए। किंतु तुरंत सँभलकर वह बोले, "चाचाजी, आप मत रोकिए। इन लोगों को लाठी का घमंड हो गया है। मैं जरा बता देना चाहता हूँ, लाठी क्या चीज है!" उनकी साँस जोर-जोर से चल रही थी, गुस्से में बातें टूट-टूटकर निकलतीं। सचमुच, बलदेव सिंह का इसमें कोई हाथ नहीं था। उन्हें लाचार होकर कूदना पड़ा था। एक जोड़ी कुश्ती लड़ी जा रही थी। दोनों पहलवान बलदेव सिंह से अपरिचित थे। उनमें से एक ने 'फाउल-प्ले' करना चाहा। बलदेव ने अलग से ही रोका, मना किया,

"ऐसा करना मुनासिब नहीं।" बस, इनकी बात सुनते ही उसके पक्षवाले इन पर बिगड़े, गुर्राए; क्योंकि वे लोग लाठी चलाने में इस जवार में सरगना समझे जाते थे। उन्हें घमंड था कि उनके सौ खून माफ हैं। किंतु बलदेव सिंह धौंस को कहाँ बरदाश्त करनेवाले? 'बातहि बात करख बढ़ि आई' और उसका नतीजा यह!

खैर, मामाजी के पड़ने से बलदेव सिंह शांत हुए। किंतु, अब तो उनकी विजय हो भी चुकी थी। मैदान उनका था। उनकी शिष्य-मंडली के साथ हम किस तरह शान से उन्हें घर लाए। हम आज विजयी थे, हमारा गाँव विजयी था! मानो राम लंका-विजय कर अयोध्या पहुँचे थे।

□

अगर शेरशाह या शिवाजी के दिन होते तो बलदेव सिंह फौज में भरती होते और सिपाही से होते-होते सूबेदार तक हो गए होते, इसमें तो कोई शक नहीं। सूरत-शक्ल, बल-हिम्मत सबकुछ उनमें थे, जो सामंतशाही के उस युग में उन्हें अच्छे-से-अच्छे फौजी पद पर पहुँचा देते। उस समय बलदेव सिंह किस शान से हमारे गाँव में आते? घोड़े पर सवार—कलँगीदार पगड़ी, कड़ी-कड़ी मूँछें, आगे-पीछे नौकर-चाकर! किंतु, अँगरेजी राज्य में यह कहाँ संभव था? हाँ, जो संभव था, वही हम देखते थे। वीरता अपने लिए कोई निकास का रास्ता तो बनाने वाली ही थी।

यह अजीब है हमारी बस्ती! चारों ओर राजपूतों और अहीरों का ठट्ठ। राजपूतों में अगर राम की शान तो ग्वालों में कृष्ण की यादवी आन-बान! दोनों कौमों में जैसे खानदानी बैर चला आ रहा हो। छोटी-छोटी बात पर भी तनाव हो जाता, मूँछें कड़ी हो उठतीं, आँखें लाल हो जातीं और लाठियाँ चलकर रहतीं। दोनों कौमें दो गिरोह की हैसियत से लड़ती थीं। तो गिरोह के अंदर भी युद्ध जारी ही रहता था। भाई-भाई में, पड़ोसी-पड़ोसी में। एक बित्ता जमीन के लिए, आम के एक फल के लिए, शीशम की एक डाल के लिए खून के फव्वारे छूटते। ये युद्ध प्रायः आकस्मिक होते। खेत की जुताई हो रही है, पेड़ के नीचे गपशप

हो रही है; रास्ता चलते-चलते भी लोगों में गुत्थम-गुत्थी हो गई। किंतु कभी-कभी जमकर भी लड़ाइयाँ होतीं। दोनों पक्ष से लोगों का 'बिटोरा' होता। भाई-बंद जुटते, कुटुम-कबीले के लोग आते, कुछ लोग पैसे पर भी बुलाए जाते। ऐसे मौके आने पर, हमारे जवार में, कहीं भी कोई जमकर लड़ाई होती हो तो बलदेव सिंह एक-न-एक पक्ष से जरूर बुलाए जाते और 'यतोधर्मस्ततो जयः' की तरह ही जिस तरफ बलदेव सिंह होते, उसी पक्ष की जय भी निश्चित होती।

एक बार इस तरह का एक धर्मयुद्ध देखने का मौका मुझे भी मिला। बिसुनपुर में दो भाई क्षत्रिय थे। दोनों की दाँत-काटी रोटी थी; किंतु आखिर दिल टूटा तो एक-दूसरे की जान के दुश्मन बनके रहे। घर-द्वार, खेत-खलिहान—सबका बाँट-बखरा हो चुका था। दोनों एक आँगन में रहते भी दो दुनिया के जीव थे।

संयोग से, उस साल आम के एक पेड़ के लिए दोनों भाइयों में तनातनी हो गई। वह लँगड़ा आम का पेड़! हमने जाकर देखा, फलों के गुच्छों से लदी उसकी डाल-डाल जैसे जमीन छूने को ललक रही हो। हरे-हरे पत्ते उन सुफेदी लिये हुए आमों के गुच्छों में न जाने कहाँ छिप रहे थे! काफी पुराना पेड़ था। खूब फैल गया था। और हर साल अच्छा फल भी देता था; किंतु इस साल तो वह द्रौपदी की चीर बनकर महाभारत मचाने आया था। फिर, यह ललचानेवाला वेश वह क्यों न धारण कर ले!

कहते हैं, यह पेड़ बँट चुका था। छोटे भाई की बाँट में पड़ा था, जो कई साल से उसके फल का उपभोग कर रहा था। किंतु बड़े भाई के लड़के ने हिसाब लगाकर देखा, यह आम का पेड़ तो मेरे हिस्से का है, धोखे से चाचाजी को मिल गया है। पेड़ों की गिनती, खतियान, सबको वह अपने पक्ष में पेश करता।

किंतु यहाँ खतियान से क्या होने वाला है? 'अगर तुम्हारा है तो मर्द के बेटे हो, चढ़के आओ, फल तोड़ लो, खाओ। नहीं तो लुगाई के आँचल में मुँह रखकर सोओ।' सीधा तर्क, सीधी बात! इसके जवाब में

एक दिन तय कर दिया गया—'अगले सोमवार को डंका बजाके हम फल तोड़ेंगे। चुप-चोरी जो काम करे, उसकी ऐसी-तैसी।' दिन तय हुआ, घड़ी तय हुई। दोनों तरफ से 'घिटोरा' होने लगा।

बलदेव सिंह के पास भी दोनों पक्षों से निमंत्रण आने लगे। किंतु यहाँ तो कृष्णजी की टेक थी। जो खुद मेरे पास पहले आएगा, उसका साथ दूँगा; यह चिट्ठी-पत्री क्या चीज? बड़े भाई का बेटा एक दिन घोड़े पर पहुँचा। उससे बातचीत हो ही रही थी कि छोटे भी पहुँचे। किंतु तब तक बलदेव सिंह वचन दे चुके थे। दूसरे दिन सशिष्य-मंडली वह बिसुनपुर जा पहुँचे।

आज ही युद्ध होने वाला है। लड़ाइयों से दूर ही रहना चाहिए; क्योंकि प्रायः निर्दोष भी उसमें फँस जाते, पिट जाते हैं। बड़े-बूढ़ों की इस आज्ञा की अवहेलना करके भी कुतूहलवश मैं दर्शकों की उस भीड़ में शामिल हो गया, जो भिन्न-भिन्न दिशाओं से बिसुनपुर जा रहे थे।

बिसुनपुर उस दिन कुरुक्षेत्र बना हुआ था। बीच में वह आम का पेड़ निश्चय, निर्द्वंद्व खड़ा है। दो ओर दोनों प्रतिद्वंद्वियों की जमात जुड़ी है। भालों की फलियाँ धूप में चमचम कर रही हैं, गँड़ासे दिन में भी चाँद-से चमक रहे हैं; फरसे परशुराम की याद दिलाते हैं। लाठियाँ उछल रही हैं—धामिन साँप की तरह! हाँ, तलवार की बहुत ही कमी थी, क्योंकि उस पर अँगरेजी राज की शनि-दृष्टि पड़ चुकी थी। पर, लठैतों का कहना था, 'जो मार भाले और फरसे की होती है, वह तलवार की कहाँ!' मैं उनके तर्कों पर नहीं भूला था, मेरी विस्मय-विमुग्ध आँखें तो इन तैयारियों को देख रही थीं। रह-रहकर जय-ध्वनियाँ होतीं, ललकारें उठतीं। जब-तब आल्हा के कुछ कड़खे भी सुनाई पड़ते।

'बोलो, महावीर स्वामी की जय!' कहकर दोनों पक्ष के योद्धा आम की ओर बढ़े। दर्शकों के कलेजे धकधक करने लगे। अरे, कुछ देर में ही इनमें से कुछ मर चुके होंगे, कुछ घायल पड़े होंगे! उफ! मेरे मुँह से अच्छी तरह निकल भी नहीं पाई कि देखा, बड़े भाई के पक्ष में सबसे

आगे बलदेव सिंह हैं। सबसे आगे बलदेव सिंह, उनके दोनों बाजू मेरे ही गाँव के उनके दो प्रधान शिष्य। बलदेव सिंह के सिर पर केसरिया रंग का मुरेठा है। पैर में वही बूट। वही लंबा-चौड़ा कुरता देह में; किंतु उसके घेरे को कमर के निकट एक पट्टी से कस रखा है, जिससे फुरती से उछलने-कूदने में दिक्कत न हो। उनकी धोती तो प्राय: ही हाफ-पैंट का काम करती। चेहरा कैसा लाल-भभूका बन रहा था!

वह आगे बढ़े, आम के पेड़ के निकट पहुँचे। दोनों शिष्यों को इशारा किया, वे झट से पेड़ पर चढ़ गए और लगे आम की डाल को झकझोरकर निर्दयतापूर्वक फलों को गिराने। 'कोई माँ का लाल है, तो आवे!' बलदेव सिंह गरज उठे, जिनकी ओर विपक्षी दल भौचक हो देख रहा थे, जैसे वह भी दर्शकों का ही दल हो! किंतु उनकी इस चुनौती से मानो दुश्मन दल को आत्म-ज्ञान हो आया। फिर क्या था, दोनों दलों में गुत्थम-गुत्थी शुरू हो चली। लाठियों की खटाखट, गँड़ासे की चुभ-चुभ और बरछों की सनसनाहट से वायुमंडल व्याप्त था। जय-ध्वनियों के साथ हाहाकार भी! किसी के सिर पर लाठी लगी, किस तरह खोपड़ी फूटकर दो-टूक हो गई! वह गिर पड़ा और खून की धारा बह रही है। किसी के पेट में भाला चुभा—भाले की फली के साथ ही उसकी अँतड़ी बाहर आ गई है, अँतड़ी को दोनों हाथों से पकड़े वह औंधा पड़ा है। जो हाथ एक मिनट पहले लाठी भाँज रहा था, गँड़ासे के एक ही वार ने उसे शरीर से अलग कर दिया है। वह रक्तसिक्त जमीन पर अब भी रह-रहकर उछल जाता है। चारों ओर खून, चीख! मेरी तो आँखें बंद हो गईं।

जब आँखें खुलीं तो सारा किस्सा खत्म है। बड़े भाई का कब्जा उस पेड़ पर हो चुका है। उस कब्जे में बलदेव सिंह का बड़ा हाथ था। मैं अपने इस 'हीरो' को देखना चाहता था; किंतु मालूम हुआ, पुलिस सुपरिंटेंडेंट साहब अब, जब तमाशा खत्म हो चुका है, तशरीफ लाए हैं और लोगों ने बलदेव सिंह को वहाँ से हटा दिया है। 'बलदेव सिंह! विजय तुम्हारी; अब तो रुपयों का खेल है। तुम हटो, अब काम मेरा

है।' बड़े भाई के बड़े साहबजादे ने कहा और चलते समय बलदेव सिंह के गले में एक मुहरमाला डाल दी।

□

और, उसी बलदेव सिंह की यह लाश हमारे सामने पड़ी है!

सिर चूर-चूर, जैसे भुरता बना दिया हो! खून और धूल से सराबोर जिस ललाट से तेज बरसता, उसी पर मक्खियाँ भिन्ना रहीं! एक आँख धँस गई, दूसरी बाहर निकल आई! होंठ को छेदकर दाँत बाहर निकल रहे हैं। नहीं-नहीं, यह हमारा बलदेव सिंह नहीं हो सकता! बलदेव सिंह की ऐसी गत?

एक गँड़ासा गहरा, कंधे पर लगा है; वह बाँह लटक-सी गई है। दूसरी बाँह का पूरा पंजा गायब! छाती वैसी ही तनी है। पहले से कुछ ज्यादा ही फूली हुई। किंतु पेट की जगह सारी आँत निकल आई है! आँत का यह ढेर कैसा भयानक, कैसा वीभत्स! नहीं, यह हमारा बलदेव सिंह हो नहीं सकता!

पैरों को जैसे किसी ने मकई के डंठल-सा पीट रखा है—आड़े-तिरछे बन रहे! कहीं अजीब फूला हुआ, कहीं से खून बह रहा! बह कहाँ रहा? बहाव तो कब का बंद हो गया, अब तो काले बने खून के धब्बे मात्र, जिन पर—हाँ, जिन पर मक्खियाँ भिन्ना रहीं। नहीं, यह हमारा बलदेव सिंह हो नहीं सकता!

बलदेव सिंह की ऐसी गत!

जिस शरीर को देख-देखकर आँखें नहीं अघाती थीं, माँएँ जिसे देखकर कहतीं, 'मेरा बेटा ऐसा ही शरीर-धन पावे।' युवतियाँ मन-ही-मन गुनतीं—'धन्य है वह नारी, जिसे ऐसा पति मिला; अगले जनम में हे भगवान्, मुझे बलदेव सिंह की ही दासी बनाना।' बूढ़े देखते ही कहते—'बेटा शतजीव!' नौजवान जिस पर पागल हो बिना मोल के गुलाम बने पीछे लगे फिरते, वही शरीर यहाँ आज सामने पड़ा है। खून से लथपथ, धूल से भरा, क्षत-विक्षत, कुरूप-कुडौल बना—और ये कमबख्त मक्खियाँ जिन पर भिन्न-भिन्न कर रहीं!

किसने गत की इस शेर मर्द की ऐसी? किसकी माँ ने दूसरा शेर पैदा किया?

काश, किसी शेर ने यह हालत की होती! दो शेर लड़ते हैं, एक गिरता है। ऐसा ही होता है; इसके लिए अफसोस की क्या बात? बलदेव सिंह तो ऐसी ही मृत्यु चाहते थे। उन्होंने मौत की कब परवाह की? मौत की आँखों में आँखें डालकर मुसकुराना—यही तो बलदेव सिंह थे। क्षत्रिय की तरह युद्धक्षेत्र में काम आऊँ, खेत रहूँ—यही तो उनकी कामना थी। यह कामना पूरी हुई; वह वीरगति पाकर, सूर्यमंडल को भेदकर अमरपुरी गए, इसमें तो कोई शक नहीं। किंतु जिन हाथों ने यह काम किया, क्या वे वीर के हाथ थे? शेर के पंजे थे? नहीं-नहीं, कुछ सियारों ने—बुजदिलों और कायरों ने—छुपकर, घात लगाकर बड़े बुरे मौके पर, बड़े बुरे ढंग से यह कुकर्म किया। उसकी कल्पना भी खून को खौला देती है, उत्तेजित कर देती है। उफ रे!

□

एक दिन जवार के एक गाँव की एक विधवा मेरे गाँव में बलदेव सिंह का नाम पूछती-पूछती आई। उस बेचारी के साथ एक छोटा बच्चा था, उसी का बच्चा। उस विधवा के अबलापन से और उस क्षत्रियकुमार के बचपन से फायदा उठाकर उसके पट्टीदारों ने उसका धन हड़प लिया था। विधवा के कानों में बलदेव सिंह की यशोगाथा पड़ी थी। वह तो अब हमारे जवार के घर-घर में, जबान-जबान पर व्याप्त थे। विधवा पहुँची बलदेव सिंह के दरबार में अरज लगाने। जब पट्टीदारों को मालूम हुआ, वह बलदेव सिंह के पास जा रही है, ताने देते हुए कहा था, 'जा, नया शौहर बुला ला।' नया शौहर? क्षत्राणी को नया शौहर! 'बाबू, मेरी लाज रखो।' सारी कहानी कहती हुई वह बलदेव सिंह के पैरों पर गिर पड़ी। बलदेव सिंह ने बच्चे को कंधे पर बिठाया और चल पड़े उस गाँव को।

जब गाँव से जा रहे थे, उन्हें मैंने देखा था। 'प्रणाम भाईजी'—मैंने कहा। चेहरे पर गुस्से की छाप स्पष्ट थी, किंतु स्वाभाविक हँसी हँसते

हुए आशीर्वाद दिया और कहा, 'एक अबला की रक्षा में जा रहा हूँ बबुआ; दो-चार दिनों में लौटता हूँ।'

बलदेव सिंह नहीं लौटे, लौटी है उनकी यह लाश!

वहाँ जाते ही उन्होंने पट्टीदारों को चुनौती दे दी। दूसरे दिन विधवा के छीने हुए एक खेत पर हल भी चढ़ा दिए। कोई नहीं बोला। कौन बोलता? एक के बाद दूसरे खेत विधवा के कब्जे में आने लगे। बहुत दिनों की गई अमराई पर अब उसका कब्जा था। उस बगीचे की एक लीची की डाल में झूला डालकर उस क्षत्रियकुमार को बलदेव सिंह झुलाते रहते। जो लोग विधवा के पट्टीदारों के डर से कल बोलते नहीं थे, अब वे ही बलदेव सिंह को शाबासी देते हुए उस छोटे से बच्चे से अपना पुराना नाता जोड़ते; क्योंकि अब वह विधवा अबला नहीं थी। पिता खोकर उस बच्चे ने एक धर्म का पिता पा लिया था।

बलदेव सिंह के साथ उनके कुछ शिष्य भी गए थे। अब मामला पूरी तरह शांत हो चला। उस गाँव के भी काफी लोग उनके पक्ष में आ गए। तब उन्होंने एक-एक करके अपने शिष्यों को वहाँ से रवाना कर दिया। बेचारी विधवा पर ज्यादा खर्च का बोझ क्यों रहने दें? अंततः एक दिन तय किया, अब मैं भी जाऊँगा।

और, वह कल नहीं देख सके।

उनकी आदत थी, बहुत सवेरे, बिलकुल मुँहअँधेरे शौच को जाते। गाँव से काफी दूर निकल जाते। जब तक तनाव था, अपने साथ किसी शिष्य को भी ले लेते। हथियार तो हमेशा पास में रखते ही, कम-से-कम हाथ में लाठी और कमर में गँड़ासे की फली, जिसे बात-की-बात में लाठी में लगाकर प्रलयंकर बन जा सकते। किंतु, उस दिन निश्चिंत हो वह सिर्फ लोटा ही लेकर निकल पड़े। सारा गाँव भोर की सुख-निंदिया ले रहा था। किंतु, उनके लिए मौत का फंदा डाला जा चुका था।

एक नीची खाई में वह शौच के लिए बैठे ही थे कि उनके सिर पर लाठी का एक वज्र प्रहार हुआ। एक क्षण के लिए वह जैसे बेहोश

हो गए, फिर तुरंत खड़े हुए और सामने पड़े लोटे को हाथ में उठाकर उसी से ढाल का काम लेने लगे। दूसरी लाठी—लोटे पर टन-सी आवाज! तीसरी लाठी—'फूल' का वह लोटा चूर-चूर हो रहा। फिर क्या था, लाठी, गँड़ासे, बरछे चारों ओर से बरसने लगे। बीच से उछलकर एक बार उस चक्रव्यूह से, अभिमन्यु की तरह, निकलने की कोशिश की; किंतु फिर घिर गए, घेर लिये गए, और आह! उस सन्नाटे के आलम में, जब दुनिया भोर की सुख-निंदिया ले रही थी, उन कायरों, सियारों ने इस शेर मर्द की वह दुर्गति की, जो हम यह सामने देख रहे हैं।

एक भोर थी, जब मैंने बलदेव सिंह का वह रूप देखा था—आभामय, जीवनमय, यौवनमय! और आज भी एक भोर है, जब हम उन्हें इस रूप में देख रहे हैं!

उफ, आह!

□

सरजू भैया

सरजू मैया नहीं, सरजू भैया। यह हमारे गाँवों की विशेषता है कि कभी-कभी मर्द गंगा, यमुना या सरजू हो जाते हैं। इस बारे में औरतें ही सौभाग्यशालिनी हैं, प्रायः उनके नामों में ऐसे अनर्थ नहीं होते।

हाँ, तो सरजू भैया! मेरे घर से सटा हुआ जो एक घर है—एक तरफ दो खपड़ैल मकान, एक तरफ मिट्टी की दीवार पर फूस के छप्पर, एक तरफ टट्टी के दो झोंपड़े, एक तरफ मकान नहीं, सिर्फ टट्टी खड़ाकर छोटा सा आँगन निकाला हुआ—उसी घर के सौभाग्यशाली मालिक हैं हमारे सरजू भैया! सरजू भैया को कोई छोटा भाई नहीं रहा, और मैंने प्रथम संतान के रूप में ही अपनी माँ की गोद भरी; अतः हम दोनों ने परस्पर एक नाता जोड़ लिया है—वह मेरे बड़े भाई हैं, मैं उनका छोटा भाई।

गाँव के सबसे लंबे और दुबले आदमियों में सरजू भैया की गिनती हो सकती है। रंग साँवला, बगुले-सी बड़ी-बड़ी टाँगें, चिंपांजी की तरह बड़ी-बड़ी बाँहें! कमर में धोती पहने, कंधे पर अँगोछी डाले जब वह खड़े होते हैं, आप उनकी पसलियों की हड्डियाँ गिन लीजिए। नाक खड़ी, लंबी। भवें सघन। बड़ी-बड़ी आँखें कोटरों में धँसीं। गाल पिचके। अंग-अंग की शिराएँ उभरीं—कभी-कभी मालूम होता मानो

ये नसें नहीं, उनके शरीर को किसी ने पतली डोरों से जकड़ रखा है!

ऊपर की तसवीर निस्संदेह किसी भुखमरे, मनहूस आदमी की मालूम होती है। किंतु, क्या बात ऐसी है? सरजू भैया मेरे गाँव के चंद जिंदादिल लोगों में से एक हैं। बड़े मिलनसार, मजाकिया और हँसोड़! वह दिल खोलकर जब हँसते हैं—शरीर भर में जो सबसे छोटी चीजें उन्हें मिली हैं—वे उनके पंक्तिबद्ध छोटे-छोटे दाँत, तब बेतहाशा चमक पड़ते हैं, अंग-अंग हिलने-डुलने लगते हैं। जैसे हर अंग हँस रहा हो। और, सरजू भैया के पास इतनी संपत्ति है कि वह खुद या अपने परिवार का ही पेट नहीं भर सकते, बल्कि आगत-अतिथि की सेवा-पूजा भी मजे में कर सकते हैं।

तो फिर यह हड्डियों का ढाँचा क्यों? मैं जवाब में एक पुरानी कहावत पेश करूँगा—'काजीजी दुबले क्यों?—शहर के अंदेशे से!'

हाँ, सरजू भैया की यह जो हालत है, वह अपने कारण नहीं, दूसरों के चलते। पराए उपकार के चलते उन्होंने न सिर्फ अपना शरीर सुखा लिया है, बल्कि अपनी संपत्ति की भी कुछ कम हानि नहीं की है।

उनके पिता, जो गुमाश्ताजी कहलाते थे, मेरे गाँव के अच्छे किसानों में से थे। चौपाल, साफ-सुंदर उनका मकान और अच्छा-खासा बैठकखाना था, जहाँ आज सरजू भैया की यह राम मड़ैया है। खेतीबारी तो थी ही, रुपए और गल्ले का अच्छा लेन-देन था। परिवार भी बड़ा और खर्चीला नहीं था। लेकिन, उनके मरते ही सरजू भैया ने लेन-देन चौपट कर दिया। बाढ़ ने खेती बरबाद की और भूकंप ने घर का सत्यानास किया। उनका लेन-देन इतना अच्छा था कि वह शायद खेती को भी सँभाल देता, घर भी खड़ा कर सकता था। किंतु, सरजू भैया और लेन-देन?

लेन-देन, जिसे नग्न शब्दों में सूदखोरी कहिए—चाहता है, आदमी आदमीपन को खो दे; वह जोंक, खटमल, नहीं चीलर बन जाए। काली जोंक और लाल खटमल का स्वतंत्र अस्तित्व है। हम उनका खून चूसना महसूस करते हैं, हम उनमें अपना खून प्रत्यक्ष पाते

और देखते हैं। लेकिन चीलर? गंदे कपड़े में, उन्हीं-सा काला-कुचैला रंग लिये वह चुपचाप पड़ा रहता है और हमारे खून को यों धीरे-धीरे चूसता है और तुरंत उसे अपने रंग में बदल देता है कि उसका चूसना हम जल्द अनुभव नहीं कर पाते, और अनुभव करते भी हैं तो जरा सी सुगबुगी या ज्यादा-से ज्यादा चुनचुनी मात्र! और अनुभव करके भी उसे पकड़ पाने के लिए तो कोई खुर्दबीन ही चाहिए।

सरजू भैया चीलर नहीं बन सकते थे। उनके इस लंबे शरीर में जो हृदय मिला है, वह शरीर के ही परिमाण से। जो भी दुखिया आया, अपनी विपदा बताई, उसे देवता-सा दे दिया और वसूलने के समय जब वह आँखों में आँसू लाकर गिड़गिड़ाया तो देवता ही की तरह पसीज गए। सूद कौन कहे, कुछ ही दिनों में मूल धन भी शून्य में परिणत हो गया। उलटे अब वह खुद हाथ-हथफेर में व्यस्त रहते हैं।

बाढ़ और भूकंप ने उनके खेत और घर को बरबाद किया जरूर, लेकिन सरजू भैया, मेरा यकीन है, आज की फटेहाली से बहुत कुछ बचे रहते, यदि लेन-देन के बाद भी इन दोनों की तरफ ही पूरा ध्यान दिए होते। यह नहीं कि वह जी चुरानेवाले या आलसी और बोदा गृहस्थ हैं। नहीं, ठीक इसके खिलाफ चतुर, फुरतीला और काम-काजू आदमी हैं। लेकिन करें तो क्या? उन्हें दूसरे के काम से ही कहाँ फुरसत मिलती है!

गंगा भाई के घर में बच्चा बीमार है, वैद्य को बुलाने कौन जाएगा—सरजू भैया! हिरदे को बाजार से कई सौदा-सुलफ लाना है, वह किसे भेजे—सरजू भैया को। खबर आई है, रामकुमार के मामाजी अपने गाँव में सख्त बीमार हैं, उनकी खोज-खबर कौन लाए—सरजू भैया से बढ़कर कौन दूसरा धावन होगा? परमेश्वर को एक रजिस्टरी करनी है; शिनाख्त कौन करेगा—सरजू भैया! किसी के घर में शादी-ब्याह, यज्ञ-जाप हो और सरजू भैया अस्त-व्यस्त। किसी की मौत हो जाने पर, यदि वह अँधेरी रात में हो, तो निश्चय ही कफन खरीदने का जिम्मा सरजू भैया पर रहेगा। यों गाँव भर के लोगों का बोझ अपने सिर पर लेकर सरजू भैया ने न केवल अपने खेत और घर को मटियामेट किया है, बल्कि इसी

उम्र में अपनी कमर भी झुका ली है। दिन हो या रात, चिलचिलाती दुपहरिया हो या अँधेरी अधरतिया, सरजू भैया के सेवा-सदन का दरवाजा हमेशा खुला रहता है। विक्टर ह्यूगो ने अपनी अमर कृति 'ला मिजरेबल' में कहा है—"डॉक्टर का दरवाजा कभी बंद नहीं रहना चाहिए और पादरी का फाटक हमेशा खुला होना चाहिए।" सरजू भैया को निस्संदेह इन दोनों का रुतबा अकेले हासिल है।

मेरे क्षुद्र विचार से सरजू भैया का व्यक्तित्व अनुकरणीय ही नहीं, वंदनीय, पूजनीय है। जब-जब उन्हें देखता हूँ, मेरा 'ज्ञानी' मस्तक आप-से-आप उनके चरणों में झुक जाता है। लेकिन, मेरे मन में सबसे बड़ी चोट लगती है तब, जब देखता हूँ, इस नर-रत्न की कद्र कहाँ तक होगी! बहुत से लोग इन्हें सुधुआ समझकर ठगने की चेष्टा करते हैं। यदि यही बात होती तो भी बरदाश्त की जा सकती, लेकिन यही नहीं, इन्हें जब-तब झंझटों में डालने की कोशिश होती है। और यदि अकस्मात् झंझट में पड़ जाते हैं तो उससे निकलने की क्या बात, इनके तड़पने का तमाशा देखने में लोग मजा अनुभव करते हैं।

अभी थोड़े दिनों की बात है। एक दिन सरजू भैया मेरे सामने आकर खड़े हुए। मैं कुछ पढ़ रहा था। सिर नीचा किए ही कहा, बैठिए भैया! किंतु भैया बैठेंगे क्या, उनकी तो घिग्घी बँधी है और आँखों से आँसू आ रहे हैं। दुबारा कहने पर भी जब नहीं बैठे तो उनकी ओर नजर उठाई। उनका चेहरा देख दंग रह गया। मैं सन्न! क्या बात है यह? बहुत आश्वासन और आग्रह पर उनकी जीभ हिली। मालूम हुआ, उनके घर में एक छोटी सी घटना हो गई है, जैसी घटनाएँ अपने ही गाँव में मैंने कई बार होते देखी हैं। लेकिन किसी ने उस ओर ध्यान नहीं दिया, यदि जरूरत हुई तो उन्हें सुलझा दिया और यदि किसी ने उसे बढ़ाना चाहा तो लोगों ने उसको डाँट दिया। क्यों? क्योंकि वे घटनाएँ ऐसे घरों में हुई थीं, जिनके पास न सिर्फ लक्ष्मी बल्कि दुर्गा भी है। पैसे भी और लाठी भी। लेकिन सरजू भैया ने तो लोगों के लिए ही अपनी यह हालत कर रखी है। न वह किसी पर धन का धौंस जमा सकते

हैं, न डंडे फटकार सकते हैं। फिर, क्यों न उन्हें तड़पाया जाए, रुलाया जाए? मैंने उन्हें आश्वासन दिया, उन्हें धैर्य हुआ, वह चले गए। लेकिन रात भर लोगों की इस कृतघ्नता ने मुझे चैन से सोने न दिया।

सुधुआपन से ठगे जाने की एक कहानी। बहुत दिन हुए, मैं किसी जरूरत में था और कुछ रुपए के लिए परेशान था। सरजू भैया के पास कुछ रुपए थे। मेरी बेचैनी वह कैसे देखते? वह रुपए ले आए। मैंने खर्च कर दिया, लेकिन आज तक दे नहीं सका। रुपए तो आए, लेकिन एक आया दो का खर्च लेकर। सरजू भैया माँगने का हाल क्या जानें? मैं भी समझता रहा, उनके रुपए कहाँ जाते हैं! जरूरत होगी, माँगेंगे, दे दूँगा। लेकिन अभी उस दिन जो बात उन्होंने सुनाई, मैं हक्का-बक्का रह गया।

इस बीच में उन्हें रुपए की जरूरत हुई, लेकिन संकोचवश मुझसे नहीं माँगा। एक सूदखोर महाजन के पास गए, जो पहले उन्हीं से कर्ज खाता था, लेकिन तरह-तरह के कारनामों से अब धन्नासेठ बन चुका है। उसने झट उन्हें रुपए दे दिए; लेकिन जब चलने लगे, कहा, 'आपके पास रुपए जाएँगे कहाँ, लेकिन कोई सबूत तो चाहिए ही।' क्या सबूत? मैं तैयार हूँ। सरजू भैया रुपए बाँध चुके थे, न उन्हें खोलकर लौटाया जा सकता था और न वह उसकी माँग को नामंजूर कर सकते थे। 'नहीं, कुछ नहीं, कागज पर सिर्फ निशान बना दीजिए, आपसे बाजाब्ता हैंडनोट क्या कराया जाए?' और सरजू भैया ने बमभोला की तरह कजरौटे में अँगूठा बोरकर कागज पर चिपका दिया। मानो, किसी आधुनिक अंटोनियो ने किसी कलजुगी शाइलॉक के हाथ में अपने को गिरवी कर दिया!

अब वह कहता है—'जल्द रुपए दे दो, नहीं तो मैं नालिश कर दूँगा—और नालिश कितने की करेगा, कौन ठिकाना'—सरजू भैया बेचारगी में बोल रहे थे और मैं उनका मुँह आश्चर्य से देख रहा था। 'आपने ऐसी गलती क्यों कर दी?' लेकिन, इसके अलावा इसका जवाब वह क्या दे सकते थे कि 'क्या करूँ, रुपए बाँध चुका था।'

सरजू भैया के पाँच संतानें हुईं, लेकिन बेटियाँ-ही-बेटियाँ। उनकी धर्मपत्नी, जो लंबाई में ठीक उनके विपरीत, बहुत ही बौनी होने पर भी गुणों में उनकी ही तरह थीं, हाल ही में बेटा पाने का अरमान लिये मरी हैं। कह नहीं सकता, इस अरमान ने सरजू भैया को ज्यादा चिंतित किया है या नहीं! वे बेटियों पर ही स्नेह रखते हैं और मेरे घर में जो लड़के मेरे बेटे-भतीजे हैं, उनका बचपन तो ज्यादातर उन्हीं के कंधों पर कटा है। लेकिन, बेटियाँ तो अपनी-अपनी ससुराल जा बसेंगी। क्या सरजू भैया का यह पुश्तैनी घर खँडहर बनेगा? क्या सरजू भैया की कोई निशानी हमारे पड़ोस को गुलजार न कर सकेगी? यह कल्पना करते ही हमारे परिवार भर में अजीब उदासी छा जाती है। उनकी पत्नी की मृत्यु के बाद मैंने अपनी मौसी को कहते सुना— 'सरजू बबुआ की उमिर ही कितनी है? यही, मेरे बबुआ से चार बरस बड़े हैं, फिर वह शादी क्यों न करें? क्या वंश डुबो देंगे?' और, उस दिन देखा, मेरी ढीठ रानी सरजू भैया से झगड़ रही है—'नहीं, आपको शादी करनी ही पड़ेगी।'

'मैं शादी करूँ, जिससे शर्माजी को (मुझे) नई भौजाई से दिन-रात चुहलें करने का मजा मिले, क्यों न?'

मुझे देखते सरजू भैया बोले और ठठाकर हँस पड़े। रानी थोड़ी सकुची, फिर हँस पड़ी। मैं दोनों को देखता, चुपचाप मुसकुराता रहा।

□

मंगर

हट्टा-कट्टा शरीर, कमर में भगवा, कंधे पर हल, हाथ में पैना, आगे-आगे बैल का जोड़ा। अपनी आवाज के हास से ही बैलों को भगाता, मेरे खेत की ओर सुबह-सुबह जाता—जब से मुझे होश है, मैंने मंगर को इसी रूप में देखा है, मुझे ऐसा लगता है।

हाँ, मुझे याद आता है, हल के बदले कभी-कभी मुझे भी उसके कंधे पर चढ़ने का सौभाग्य मिल चुका है। लेकिन, ऐसे मौके बहुत कम आए हैं। क्योंकि न जाने क्यों, मंगर को बच्चों से वह स्वाभाविक स्नेह नहीं, जो उसके जैसे लोगों में प्राय: देखा जाता है। उसे देखकर बच्चे भागते ही रहे हैं और आज जब मंगर अशक्य, जर्जर हो चुका है, बच्चे हैं, मानो इसका बदला चुकाने को अपनी छोटी छड़ियों से उसे छेड़कर भागते हैं और जब वह झल्लाता, उन्हें मारने के लिए अपनी बुढ़ापे की लकुटिया खोजता या खीझकर गालियाँ बकने लगता है तो वे खिलखिला पड़ते और मुँह चिढ़ाने लगते हैं।

बच्चों से उसकी वितृष्णा क्यों हुई? शायद इसलिए तो नहीं कि उसे जो एक ही बच्चा नसीब हुआ, वह कमाऊ पूत बनने के पहले ही उसे दगा देकर चल बसा! और जो उसकी एक बच्ची थी, सो लूली; और जिसकी शादी में उसने इतनी दरियादिली दिखलाई, लेकिन एक बार मुसीबत काटने उसके दरवाजे वह पहुँचा तो दामाद ने ऐसी बेरुखी

दिखलाई कि मंगर का स्वाभिमान उसे वहाँ से जबरदस्ती भगा लाया।

मंगर का स्वाभिमान—गरीबों में भी स्वाभिमान? लेकिन, मंगर की खूबी यह भी रही है। मंगर ने किसी की बात कभी बरदाश्त नहीं की और शायद अपने से बड़ा किसी को मन से माना भी नहीं। मंगर मेरे बाबा का अदब करता था, शायद उनके बुढ़ापे के कारण! सुना है, मेरे बाबूजी को वह बहुत चाहता था। शायद, उनके नेक स्वभाव के कारण! किंतु मेरे चाचाओं को तो उसने हमेशा अपनी बराबरी का ही समझा, और मुझे तो वह कल तक 'तू' ही कहकर पुकारता रहा है। किसकी मजाल, जो मंगर को बदजुबान कहे—हलवाहों को मिलनेवाले नित दिन की गालियाँ तो दूर की बात!

ऐसा क्यों? उसका खास कारण मंगर का यह हट्टा-कट्टा शरीर और उससे भी अधिक उसका सख्त कमाऊपन, जिसमें ईमानदारी ने चार चाँद लगा दिए थे। जितनी देर में लोगों का हल दस कट्ठा खेत जोतता, मंगर पंद्रह कट्ठा जोत लेता और वह भी ऐसा महीन जोतता कि पहली चास में ही सिराऊ मिलना मुश्किल। मंगर को यह बताने की जरूरत नहीं कि कल किस खेत में हल जाएगा। वह शाम को ही सारे खेतों की आर-आर घूम आता और जिसकी ताक होती, वहाँ हल लिये सुबह-सुबह पहुँच जाता। जुताई के वक्त किसी की देख-रेख की भी जरूरत नहीं। आम हलवाहों के पीछे किसान जो लट्ठा लेकर पड़े रहते हैं, और तो भी वे जी चुराते, ढिलाई करते, आज का काम कल के लिए छोड़ते, यह आदत मंगर में थी ही नहीं। यों ही रखवाली चाहे हरी फसल की हो या सूखी पसही की, खलिहान में चाहे बोझों की सील हों या अनाज की रास—मंगर पर सब छोड़कर निश्चिंत सोया जा सकता था।

दूसरा ऐसा 'जन' मिलेगा कहाँ? फिर क्यों न उसकी कद्र की जाए? मेरे बाबा कहते थे—मंगर हलवाहा नहीं है, सवाँग है। वह अपने सवाँग की तरह ही कभी-कभी रूठ जाता था और जब-तब लोगों को झिड़क भी देता था। उसकी झिड़क सबके सिर-आँखों पर; उसका रूठना और उसकी मनौती होती।

कभी-कभी बातें कुछ बढ़ भी जातीं। एक दिन काफी कहा-सुनी हो गई। दूसरी सुबह मंगर हल लेने नहीं आया। इधर से बुलाहट भी नहीं गई। रुपए हैं, तब हलवाहे न होंगे! कोई नया हलवाहा लेकर जोता गया। उधर कोई दूसरा किसान आकर मंगर से बोला—मंगरू, देख, उन्होंने दूसरा हलवाह कर लिया है। उन्हें रुपए हैं, हजार हलवाहे मिलेंगे, तो तेरे भी शरीर है, हजार गृहस्थ मिलेंगे। चल, हमारा हल जोत, तू जो कहेगा, मजदूरी दूँगा। लेकिन मेरा सिर जो दर्द कर रहा है। मंगर ने इसका जवाब दिया और उसका यह सिर दर्द तब तक बना रहा, जब तक झख मारकर मेरे चाचाजी फिर उसे बुलाने नहीं गए। क्योंकि चार दिनों में ही मालूम हो गया, मंगर क्या है! बैलों के कंधे छिल गए, उनके पैर में फार लग गए। खेत में हल तो चला, लेकिन न ढेला हुआ, न मिट्टी मिली। फिर खेत की आर पर बैठे दिन भर हलवाहे को टुकारी देते रहिए, तब कहीं दस कट्ठा जमीन जुते! मंगर के बिना काम चल नहीं सकता।

चाचाजी उसके दरवाजे पर खड़े हैं। मंगर भीतर घर में बैठा है। मंगर की अर्द्धांगिनी भकोलिया ने कहा, 'मालिक खड़े हैं, जाओ, मान जाओ।'—'कह दे , मेरा सिर दर्द हो रहा है।' मंगर ने चाचाजी को सुनाकर कहा। 'मालिक जरा इनके सिर पर मालकिन से तेल दिला दीजिएगा।' भकोलिया हँसती हुई बोली, 'तू मुझसे दिल्लगी करती है।' मंगर के स्वर में नाराजी थी। 'मंगर, चलो, आपस में कभी कुछ हो ही जाता है, माफ करो।' चाचाजी के स्वर में आरजू-मिन्नत थी। 'जाइए, उसी से जुतवाइए, जिससे चार दिन जुतवाया है। मुझे ले जाकर क्या होगा! आधी रोटी की बचत भी तो होती होगी।' यों ही नोंक-झोंक, मान-मनौवल! फिर मंगर अपना हलवाही का पैना हाथ में लिये आगे-आगे और चाचाजी पीछे-पीछे।

यह आधी रोटी की बचत क्या? इसे समझा आपने? इसे मंगर का खास इजारा समझिए। जहाँ गाँव भर में हलवाहे को एक रोटी मिलती, मंगर के लिए डेढ़ रोटी जाती। वह भी रोटी सुअन्न की हो

और अच्छी पकी हो। उस पर कोई तरकारी भी जरूर हो; क्योंकि मंगर किसी का कच्चा नमक नहीं खाता! मंगर की सभी शर्तें पूरी होतीं।

लेकिन यह डेढ़ रोटी वह खुद खाता, ऐसा आप नहीं समझें। क्या अपनी अर्द्धांगिनी के लिए लाता? नहीं, आधी के दो टुकड़े कर दोनों बैलों को खिला देता। यों, यह आधी रोटी फिर मेरे ही घर आती, लेकिन इसमें कोई काट-कपट हो नहीं सकती थी। महादेव मुँह ताकें और मैं खाऊँ, यह कैसे होगा? मंगर के लिए ये बैल नहीं, साक्षात् महादेव थे।

एकाध बार बात बहुत बढ़ गई तो मंगर मेरा गाँव छोड़कर चला गया। लेकिन, गाँव में रहते उसने दूसरे का परिहथ नहीं पकड़ा। दूसरे गाँव में भी वह जम नहीं सका। तब तीसरा गाँव देखा, और अंत में मारा-मारा फिर मेरे गाँव लौटा। शायद मेरे घर जैसा कद्रदाँ उसे कहीं नहीं मिला।

मंगर का स्वभाव रूखा रहा है; किसी से लल्लो-चप्पो नहीं, लाई-लपटाई नहीं। दो-टूक बातें, चौ-टूक व्यवहार! तो भी न जाने क्यों, मंगर मुझे शुरू से ही स्नेह की नजर से देखता रहा है। शायद इसीलिए कि मेरे बाबूजी उसे बहुत मानते थे। अब भी कहता है—'मालिक, ये हमारे मँझले बाबू, वह मरे, मेरी तकदीर फूटी।' और, शायद इसलिए भी कि मैं बचपन से ही टूअर हूँ। माँ मर गई, पिताजी चल बसे। तभी तो उसने अपना पवित्र कंधा मुझे दिया; और जब कुछ बड़ा हुआ, मैं ननिहाल जाने-आने और रहने लगा तो याद आता है, मंगर ही मुझे वहाँ पहुँचाता। मैं एक छँठी घोड़ी पर सवार, मंगर सिर पर सौगात की चीजें और मेरी किताबें लिये, घोड़ी की लगाम पकड़े आगे-आगे। जहाँ नीच-ऊँच जमीन होती, कहीं मैं घोड़ी से गिर न जाऊँ, बगल में आकर एक हाथ से मुझे पकड़ भी लेता। उसके बलिष्ठ हाथों के उस कोमल स्पर्श का अनुभव आज भी कर रहा हूँ।

ज्यों-ज्यों बड़ा होता गया, घर से मेरा संबंध टूटता गया। बकौल मंगर, मैं तो अपने ही घर का मेहमान बन गया। लेकिन, जब-जब दो-

चार दिनों के लिए घर जाता, मंगर को उसी रूप और उसी पेशे में देखा करता।

कपड़ों से मंगर को वहशत रही है। हमेशा कमर में भगवा ही लपेटे रहता। उसे धोतियाँ मिली हैं। गोवर्धन-पूजा के दिन, हर साल, एक नई धोती लिये बिना वह बैल के सींगों में लटकन बाँधता क्या! यों भी बाबा और चाचा साल में जब-तब पुरानी धोतियाँ दिया करते। घर में शादी-ब्याह होने पर उसे लाल धोतियाँ भी मिली हैं। मेरी शादी में मंगर के लिए नया कुरता भी बना था। लेकिन धोतियाँ हमेशा उसके सिर का ही शृंगार रहीं, जिन्हें वह मुरेठे की तरह लपेटे रहता और कुरता, जब मेरी किसी कुटमैती में वह संदेश लेकर जाता, तभी उसकी देह ढँकता। यों, साधारणतः वह हमेशा नंग-धड़ंग रहता—और मैं कहूँ, मुझे उसका शरीर उस रूप में बहुत ही अच्छा लगता। आज एक कलाकार की दृष्टि से कहता हूँ, मंगर को खूबसूरत शरीर मिला था।

काला-कलूटा, फिर भी खूबसूरत! सौंदर्य को रंगसाजी और नक्काशी का मजमूआ समझनेवालों की रुचि मैं समझ नहीं पाता, यह कहने की गुस्ताखी के लिए आज भी मैं माफी माँगने को तैयार नहीं। मंगर का वह काला-कलूटा शरीर, एक संपूर्ण सुविकसित मानव-पुतले का उत्कृष्ट नमूना! लगातार की मेहनत ने उसकी मांस-पेशियों को स्वाभाविक ढंग पर उभार रखा था। पहलवानों की तरह उनमें अस्वाभाविक उभार नहीं आई थी। जाँघें, छाती, भुजाएँ—सब में जहाँ जितनी, जैसी गढ़न और उभार चाहिए, बस उतनी ही। न कहीं मांस का लोंदा, न कहीं सूखी काठ! एक सुडौल शरीर पर स्वाभाविक ढंग से रखा एक साधारण सिर। मंगर के शरीर का खयाल आते ही मुझे प्राकृतिक व्यायाम के हिमायती मिस्टर मूलर की आकृति का स्मरण हो जाता है। सैंडो के शैदाई उससे कुछ निराश हों तो आश्चर्य नहीं।

लेकिन, आज न वह देवी रही, न वह कड़ाइ रहा। मंगर वह नहीं रहा, जो कभी था। गरीबी को वह अपने अक्खड़पन से हमेशा धता बताए रहा। लेकिन उम्र के प्रहारों से वह अपने को बचा नहीं सका।

उसकी एक-एक चोट उसे धीरे-धीरे जर्जर बनाती रही और आज उस पर यह कहावत लागू है—'सूखी हाड़ ठाठ भई भारी, अब का लदबद हे व्यापारी।'

उसके शरीर का मांस और मांसपेशियाँ ही नहीं गल गई हैं, उसकी हड्डियाँ तक सूख गई हैं। आज का उसका यह शरीर उस पुराने शरीर का व्यंग्यचित्र मात्र रह गया है। बुढ़ापे के प्रहारों के लिए जो ढाल का काम करती, उस चीज का संग्रह मंगर ने कभी किया ही नहीं। 'आज खाय औ कल को झक्खे, ताको गोरख संग न रक्खे।' का उपासक यह मंगर संग्रह का तो दुश्मन रहा। कोई संतान भी नहीं रही, जो बुढ़ापे में उसकी लाठी बनती। उम्र ने इस निरस्त्र, कवचहीन योद्धा पर वे सभी तीर छोड़े, जो उसके तरकश में थे। मंगर बुढ़ापे के कारण हल चलाने के योग्य नहीं रह गया तो कुछ दिनों तक उससे कुछ फुटकर काम लिये गए; लेकिन यह भी ज्यादा दिनों तक नहीं चल सका। अब एक ही उपाय रह गया, उसे पेंशन मिले। लेकिन हलवाहों—यथार्थ अन्नदाताओं—के लिए पेंशन की हमारे अभागे देश में कहाँ व्यवस्था है? और व्यक्तिगत दया का दायरा तो हमेशा ही तंग रहा है; फिर मंगर में जली हुई रस्सी की वह ऐंठन और शायद गरमी भी है, जिससे दया का बादल हमेशा ही उससे दूर-दूर भागता रहा है। दया का बादल चाहता है आशीर्वचनों की शीतल सतह—और मंगर के शब्दकोश में उसका सर्वथा अभाव ही समझिए। इसके बदले आज भी वही बेलौस बातें, झड़प-झिड़कियों की आँच, जो पानी की क्या बात, खून को भी सुखा दे। इसके बावजूद, उदारता की स्वाति बूँदें कभी-कभी टपकतीं; किंतु, पपीहे की प्यास उससे भले ही बुझे, मंगर के बुढ़ापे की मरुभूमि उससे सींची नहीं जा सकती। यह दावे के साथ कहा जा सकता है कि आज हम मंगर की हड्डियों का यह झाँझर भी नहीं पाते, अगर उसकी अर्द्धांगिनी नहीं होती।

उसकी अर्द्धांगिनी—भकोलिया! मंगर की आदर्श जोड़ी! वही जमुनिया रंग—'काली' कहकर मैं उसका अपमान क्यों करूँ! दो ही

बच्चे हुए, इसलिए स्त्रीत्व के उस महान् क्षय से बहुत कुछ वह बची रही, जो मातृत्व का सुंदर नाम पाता है। यही कारण है, मंगर जर्जर-झर्झर हो गया, लेकिन भकोलिया अभी चलती-फिरती है, कुछ हाथ-पाँव चलाकर संगर कर लेती और दोनों प्राणियों का गुजर चला पाती है। लेकिन, यह भी कब तक? क्योंकि वह बेचारी भी दिन-दिन छीजती जाती है।

भकोलिया—मंगर की आदर्श जोड़ी। शारीरिक ढाँचे में ही नहीं, स्वभाव में भी। वे भी दिन थे, जब वह तमककर बोलती, झपटकर चलती। न किसी को जल्द मुँह लगाती और न किसी की हेठी बरदाश्त करती। जिस किसी ने छेड़ा, मानो काली साँपिन के फन पर पैर रखा। लेकिन भकोलिया में सिर्फ फुँफकार मात्र थी—दंशन और विष का आरोप उसके साथ महान् अन्याय होगा।

पर मर्दों की अपेक्षा औरतें अपने को परिस्थिति के साँचे में ज्यादा और जल्द ढाल सकती हैं, इसका उदाहरण यह भकोलिया है। मंगर आज भी है। मुँह का बेलौस या फूहड़ कहिए, लेकिन भकोलिया वही नहीं रही। किसी का बच्चा खेला दिया, किसी का कुटान-पिसान कर दिया, किसी का गोबर पाथ दिया, किसी का पानी भर दिया और जो कुछ मिला, उसमें पहले मंगर को खिलाकर, आप पीछे खाने बैठी। किंतु इतना करने पर भी वह हमेशा मंगर की फटकार सुना करती है। मंगर अपना सारा पित्त और पुरानी झड़प अब ज्यादातर इसी पर झाड़ता है।

'भगवान् की मरजी!' कहकर मंगर जिसके नाम पर अपनी मुसीबतों को बिसर जाने का प्रयत्न करता रहा, उस भगवान् ने पारसाल उसकी और दुर्गति कर दी। उसे जोरों से अधकपारी उठी। भकोलिया उसकी चिल्लाहट से पसीज किसी दया की मूर्ति से दारचीनी माँग लाई और उसे बकरी के दूध में पीसकर उसका लेप उसके ललाट पर कर दिया। 'बाईं पुटपुटी पर और आँख पर भी लगा दे।' मंगर ने लेप की पहली ठंडाई अनुभव कर कहा। भकोलिया हुक्म बजा लाई। लेकिन, यह क्या? जहाँ-जहाँ लेप था, वहाँ अजीब जलन शुरू हुई। जलन

जख्म में बदली और जख्म ने उसकी एक आँख ले ली। जब मैं घर गया—'बबुआजी, मेरी एक आँख चली गई। मैं काना हो गया!' कहकर मंगर रोने लगा। शायद मंगर को मैंने यही पहली बार रोते देखा। मैं उसे ढाँढ़स दे रहा था, लेकिन मेरा हृदय···

और विपदा अकेली कब रही?

पिछले माघ में मैं घर पहुँचा। सुबह धूप निकल आई थी। लेकिन अपने चिर अभ्यास के अनुसार मैं आँखें मूँदे रजाई से लिपटा पड़ा था। थोड़ी-थोड़ी देर पर कुछ गिरने की-सी धम-धम की आवाज होती। रजाई मुँह से हटाकर आँखें खोलीं। देखा, सामने पुआल के टाल के नजदीक एक काला-सा अस्थि-पंजर बार-बार खड़ा होने की कोशिश करता और गिरता है। यह क्या? चौंककर उठा। उस ओर बढ़ा। यह तो मंगर को अर्द्धांग मार गया है! देखा, आँखें सजल हो उठीं। निकट गया, उसे सँभाला। फिर कहा, 'मंगर, पड़े क्यों नहीं रहते? यह कैसी चोट लग रही होगी?'

'पड़े-पड़े मन ऊब जाता है, बबुआ!' मंगर ने जवाब दिया।

उफ्, नसें ढीली पड़ गईं, खून का सोता सूख गया। लेकिन, मानो अब भी उसमें तरंगें उठतीं और किसी सूखे सागर की तरह बालू के तट पर सिर धुन, पछाड़ खा गिर-गिर पड़ती हैं! कैसा करुण दृश्य!

□

रूपा की आजी

कुछ दिन चढ़े, मैं स्कूल से आकर आँगन में पालथी मारे चिउरा-दही का कौर पर-कौर निगल रहा था कि अकस्मात् मामी ने मेरी थाली उठा ली। उसे घर में ले आईं। पीछे-पीछे मैं अवाक् उनके साथ लगा था। थाली रख मुझसे बोली, "बस, यहीं खा, बाहर मत निकलना। रूपा की आजी आ रही हैं, नजर लगा देंगी। समझे न?"

मैं समझता क्या खाक! हाँ, रूपा की आजी से कौन नहीं डरता? कौन बच्चा उनकी बड़ी-बड़ी आँखें देखकर न सिहर उठता? वह डायन हैं—गाँव भर में यह बात प्रसिद्ध है। वह जिसको चाहे, जादू की एक फूँक में मार सकती हैं। बच्चों पर उनकी खास नजरें इनायत रहती हैं। कितने बच्चों को, हँसते-खेलते शिशुओं को उनकी ये बड़ी-बड़ी आँखें निगल चुकी हैं।

बड़ी-बड़ी आँखें!

रूपा की आजी की यह है सूरत-शक्ल—लंबी-गोरी औरत, भरा-पूरा बदन। हमेशा साफ-सुफेद बगाबग कपड़ा पहने रहतीं। उस सुफेद कपड़े के घेरे से उनका चेहरा रोब बरसाता। फिर, उनकी बड़ी-बड़ी आँखें, जिन पर लाली की एक हलकी छाया! पूरे बदन का ढाँचा मर्दों के जैसा, मानो धोखे से औरत हो गई हों। जिस गाँव से वह आई हैं, वहाँ लोग कहते हैं, औरतों का ही राज है। लोगों ने मना किया

उनके ससुर को, वहाँ बेटे की शादी मत कीजिए। किंतु, वह भी पूरे अखाड़िया थे। जिद कर गए, देखें, कैसी होती है वहाँ की लड़की!

रूपा की आजी ब्याह के आईं। आने के थोड़े ही दिनों बाद ससुरजी चल बसे। कुछ दिनों के बाद रूपा के दादाजी भी। इन दोनों की मौत अजीब हुई। ससुरजी दोपहर में खेत से आए, रूपा की आजी ने थाली परोसकर उनके सामने रखी। दो कौर खा पाए थे कि पेट में खोंचा मारा, दर्द हुआ, खाना छोड़कर उठ गए। शाम होते-होते उसी दर्द से चल बसे। रूपा के दादाजी एक बरात से लौटे, थके-माँदे! नवोढ़ा पत्नी—रूपा की आजी—ने हँसकर एक गिलास पानी पीने को दिया। पानी पीते ही सिर घमका, ज्वर आया, उसी ज्वर से तीन दिनों के अंदर स्वर्ग सिधारे!

पहली घटना से ही कानाफूसी शुरू हो गई थी, दूसरी घटना ने बिलकुल सिद्ध कर दिया—रूपा की आजी डायन हैं। दोनों को जादू के जोर से खा गई हैं।

रूपा के पिताजी का जन्म उसके तीन-चार महीने बाद हुआ। रूपा की आजी की गोद भरी। आखिर इस डायन ने अपना खानदान बचा लिया—लोगों ने कहना शुरू किया। बेटे को इस डायन ने बड़े नाज से पाला-पोसा, बड़ा किया और उसकी शादी की धूमधाम से। किंतु, कैसी है यह चुड़ैल? शादी का बरस लगते-लगते बेटे को भी खा गई! मूँछ-उठान जवान बेटे को! कितना सुंदर, गठीला जवान था वह! कुश्ती खेलकर आया, इसके हाथ से दूध पीया। खून के दस्त होने लगे। कुछ ही घंटों में चल बसा। उसके मरने के बाद इस 'रूपा' का जन्म हुआ और रूपा अभी प्रसूतिगृह में ही कें-कें कर रही थी कि उसकी माँ चल बसी! बाप रे, रूपा की आजी कैसी बड़ी डायन हैं! डायन पहले अपने ही घर को स्वाहा करती है!

जवान बेटे की मृत्यु के बाद रूपा की आजी में अजीब परिवर्तन हुआ। आँखें हमेशा लाल रहतीं, छोटी-छोटी बातों से भी आँसू की धारा बह निकलती, होंठों-होंठों कुछ बुदबुदाती रहतीं; दोनों जून स्नान

कर भगवती का पिंड लीपतीं, धूप देतीं, बहुत साफ कपड़ा पहनतीं, जिस जवान को देखतीं तो देखतीं ही रह जातीं। जिस बच्चे पर नजर डालतीं, मानो आँखों में पी जाएँगी! लोगों ने शोर किया—अब इसका डायनपन बिलकुल प्रकट हो गया! डरो, भागो! रूपा की आजी से बचो!

रूपा की आजी से बचो—लेकिन, बचोगे कैसे? भर दिन रूपा को गोद लिये, कंधे चढ़ाए या उसकी छोटी उँगलियाँ पकड़े यह इस गली से उस गली, इस घर से उस घर आती-जाती ही रहती हैं। न एक व्रत छोड़ती हैं, न एक तीरथ। और हर व्रत और तीरथ के बाद गाँव भर का चक्कर! उत्सवों में बिना बुलाए ही हाजिर! उफ, यह डायन कब मरेगी? कब गाँव को इससे निजात मिलेगी?

मन-ही-मन यह मनाया जाता; किंतु ज्यों ही रूपा की आजी सामने आईं नहीं कि उनकी खुशामदें होतीं। कहीं वह नाराज न हो जाएँ; अपने ससुर, पति, बेटे और पतोहू को खाते जिसे देर न लगी, वह दूसरे के बाल-बच्चों पर क्यों तरस खाएगी? स्त्रियाँ उन्हें देखते काँप उठतीं, किंतु ज्यों ही वह उनके सामने आईं कि 'दादीजी' कहकर उनका आदर-सत्कार करना शुरू किया। इस आसन पर बैठिए, जरा हुक्का पी लीजिए, सुपारी खा लीजिए, यह सौगात आई है, जरा चख लीजिए आदि-आदि। रूपा की आजी कुछ सत्कार स्वीकार करतीं, कुछ अस्वीकार। उनकी अस्वीकृति आग्रह नहीं मानती थी। अस्वीकृति! और लोगों में थरथरी लग गई। फिर, परिवार ही ठहरा; अगर बरस-छह महीने में किसी को कुछ हुआ तो रूपा की आजी के सिर पर दोष गिरा!

कितने ओझे बुलाए गए इस डायन को सर करने के लिए। उनके बड़े-बड़े दावे थे—डायन मेरे सामने होते ही नंगी नाचने लगेगी; डायन के कोंचे से आप-ही-आप आग जल उठेगी, डायन खून उगलने लगेगी! डायन पागल होकर आप-ही-आप बकने लगेगी! ओझा आए, तांत्रिक आए; टोने हुए, तंतर हुए। तेली के मसान की लकड़ी, बेमौसम के ओड़हुल के फूल, उलटी सरसों का तेल, मेढक की खाल, बाघ के

दाँत—क्या-क्या न इकट्ठे किए गए! ढोल बजे, झाँझ बजी, गीत हुए, देव आए, भूत आए, देवीजी आईं! किंतु रूपा की आजी न पागल हुईं, न नंगी नाचीं, न उनकी देह पर फफोले उठे। ओझा गए, तांत्रिक गए, कहते हुए—'उफ, यह बड़ी घाघ है! बिना कारुकमच्छा गए इसका जादू हटाया नहीं जा सकता।' कई ओझे इसके लिए रुपए भी ऐंठते गए; किंतु, रूपा की आजी जस-की-तस रहीं।

☐

मैं बड़ा हुआ, लिखा-पढ़ा, नए ज्ञान ने भूत-प्रेत पर से विश्वास हटाया, जादू-टोने पर से आस्था हटाई। मैंने कहना शुरू किया—यह गलत बात है, रूपा की आजी पर झूठी तोहमत लगाई जाती है। बेचारी के घर में एक के बाद एक आकस्मिक मृत्यु हुईं, उसका दिमाग ठीक नहीं। आँखों की लाली या पानी डायनपन की नहीं, उसकी करुणाजनक स्थिति की निशानी है। बच्चों को देखकर, दुलारकर, जवानों को घूर-घूरकर वह अपने जवान बच्चे को याद करती या उसे भूलने की कोशिश करती है। पूजा-पाठ सब उसी की प्रतिक्रिया है। दुनिया में भूत जैसी कोई चीज नहीं, जादू-टोना सब गलत चीज! लेकिन, मेरी बात कौन सुनता है? एक दिन मौसी मेरी इस बक-झक से व्याकुल होकर बोली, "हाँ, तुम्हें क्या, तुम्हारे लिए जरूर जादू-टोना गलत है। भगवान् तुम्हें चिरंजीवी करें। किंतु, उनसे पूछो, जिनकी कोख इस डायन ने सूनी कर दी; जिनके बच्चों को यह जिंदा चबा गई, जिनके हँसते-खेलते घर को इसने मसान बना दिया!"

कहते-कहते उनकी आँखें भर आईं। कुछ गरम-गरम बूँदें आँखों से निकलकर जमीन पर ढुलक रहीं। फिर बोलीं, "उस पड़ोसिन की बात है। उसकी बेटी ससुराल से लौटी थी, गोद भरकर! एक दिन उसका छह वर्ष का नाती आँगन में किलक रहा था। कितना सुंदर था वह बच्चा! जैसे विधाता ने अपने हाथों सँवारा हो! जो देखता, मोह जाता। कई दिन मेरे घर आया था। जबरदस्ती मेरे कंधे पर चढ़ गया, दही माँगकर खाया। तुतली-तुतली बोली, चिकने-चिकने दुधमुँहे दाँत!

हँसता तो इँजोरिया हो जाती। किलकिलाता तो हरसिंगार झड़ने लगते। और वैसे बच्चे को···

''हाँ, एक दिन वह बच्चा अपने आँगन में था कि यह भूतनी पहुँची। यह भूतनी—हाँ, इसी तरह आँसू बहाती, होंठ हिलाती, रूपा का हाथ पकड़े हुई। इसे देखते ही उसकी माँ का मुँह सूख गया। नानी डर गईं। चाहा, बच्चे को छिपा दें! किंतु वह बच्चा छिपाने लायक भी तो नहीं था! ऊधमी, नटखट, झटपट दौड़ा आया, इस चुड़ैल के कंधे पर चढ़ गया। चढ़कर इसके बालों को नोचने, गरदन को हिलाने और अपने छोटे-छोटे पैरों से इसे एँड़ियाने लगा। बच्चे की इस हरकत से भूतनी हँस पड़ी। पहली बार लोगों ने इसे हँसते देखा। फिर खुद घोड़ा बनी, बच्चे को सवार बनाया और बहुत देर तक घुड़दौड़ करती, बच्चे को हँसाती-खेलाती रही। बार-बार उसे छाती से लगाती, कहती, 'ऐसा बच्चा दूसरा न देखा। आह मेरा···'; किंतु, बात बीच ही में काटकर फूट-फूटकर रो पड़ी। उसे रोते देख बच्चे ने ही गुदगुदी लगाकर, रिझाकर, भुलाकर उसे चुप कराया। चुड़ैल घर चली गई आशीर्वाद देती हुई—'जुग-जुग जीए यह बच्चा, तुम्हारी गोद हमेशा भरी रहे बेटी, भरी रहे। इसी तरह सोने की मूरत उगलती रहे।' उसकी माँ भौचक! नानी के जैसे जी में जी आया।

''किंतु, जानते हो, इसके बाद क्या हुआ?'' मामी कहे जा रही थीं, ''कुछ ही दिनों के बाद लड़के को सूखा रोग लग गया। कहाँ उसका वह रूप, वह रंग, वह चुहल, वह हँसी! सूखकर काँटा हो गया। दिन-रात चें-चें किए रहता। जो उसे देखते, आँसू बहाते और एक दिन आँसुओं की बाढ़ लाकर वह···उफ!

''उस दिन उसकी माँ को तुम देखते। पागल हो गई थी बेचारी! बच्चे की लाश को पकड़े थी, छोड़ती नहीं थी। किसकी हिम्मत, जो उससे बच्चा माँगे? आँसू सूखकर ज्वाला बन गए थे। उसकी आँखों से चिनगारी निकल रही थी। बच्चे को छाती से चिपकाए थी, जैसे वह दूध-पीता बच्चा हो! अंट-संट बोलती, बच्चे के मुँह में छाती देने की कोशिश

करती। उसे चुप देख कभी-कभी चिल्ला उठती। जब चिल्लाती, मालूम होता, उसका कलेजा फट रहा है। सुननेवालों के भी कलेजे फटते···"

मैं देख रहा था, मामी का कलेजा आज भी फटा जा रहा है। किस्से का अंत शब्दों से नहीं, आँसुओं के ज्वार से हुआ।

और, मामी के बच्चे को भी तो इसी ने खाया। वह बोलती नहीं हैं, किंतु उनके करुण चेहरे की एक-एक भाव-भंगिमा, आँसू की एक-एक बूँद यह कह रही है। कमबख्त को बच्चे खाकर भी संतोष नहीं हुआ, मामी की कोख में जैसे इसने राख भर दी। तब से एक बेटा न हुआ, बहुत जंत्र-तंत्र के बाद हुईं तो दो बेटियाँ!

मामी की क्या बात, एक दिन मामाजी भी मेरे उपर्युक्त तर्कों पर नाराज हुए और अपनी आँखों से देखी घटना सुनाई—"वह ऊँची जगह देखते हो न! वहाँ एक दुसाध आ बसा था। बूढ़ा था, दो नौजवान लड़के थे उसके! घर में बीवी, पतोहुएँ। दोनों बेटे बड़े ही कमाऊ पूत। गठीले जवान। बूढ़ा भी काफी हुनरमंद। थोड़े ही दिनों में गाँव में उनकी पूछ हो गई। बाहु का बल था। कमाते, खाते। नेक स्वभाव के। न किसी से झगड़ा, न झमेला! सबको खुश रखने की कोशिश करते, सबके काम आते।

"एक दिन वह बुढ़िया—तुम्हारी रूपा की आजी, पहुँची और बोली—जरा आज मेरा काम कर दो। बूढ़े ने देखते ही सलाम किया, बैठने को कुश की चटाई रख दी। बुढ़िया नहीं बैठी, दुसाध से हड्डी छुला जाती है, फिर, मैं बामनी! बूढ़ा न बोला, सिर्फ अर्ज किया—आज तो दूसरे बाबू को वचन दे चुका हूँ, कल आपका काम हो जाएगा। बुढ़िया ने जिद की—नहीं, आज ही मेरा काम होना चाहिए। बीच ही में बड़ा लड़का बोल उठा, 'दुसाध से हड्डी छुलाती है तो क्या घर नहीं छुलाएगा?' बुढ़िया तमक उठी—'तुम मेरा अपमान करते हो? इसलिए न कि मैं निपूती हूँ, मुझसे तुम्हें क्या डर! मेरा लड़का होता··।' बुढ़िया पहले गरजी, अब बरस रही थी। बूढ़ा दुसाध भौचक! हाथ जोड़कर आरजू-मिन्नत करता रहा—'अभी चलता हूँ, हम अभी चलते

हैं। बाबू का काम कल होगा, आज आप ही का।' किंतु, बुढ़िया वहाँ जरा भी क्यों ठहरती? घर लौटी।

''इसी रास्ते वह जा रही थी।'' मामाजी ने कहा, ''मैंने देखा, उसके होंठ जल्द-जल्द हिल रहे थे, आँखें लाल थीं, आँचल से आँसू पोंछती जाती, पीछे-पीछे बूढ़ा दौड़ा जा रहा था। बूढ़े को रोककर मैंने दरियाफ्त किया, उसने सारी बातें बताईं। वह काँप रहा था। 'बाबू, बाल-बच्चेवाला हूँ, न जाने क्या हो जाए!'

''और, विश्वास करोगे, तुम्हारी अँगरेजी विद्या इसके क्या माने बताएगी कि उस रात में बूढ़े के बड़े बेटे को साँप ने काट लिया।

''भोर में देखा, हाय, वह पट्ठा बेहोश पड़ा है! समूचा शरीर पीला पड़ गया है, मुँह से झाग निकल रहा है। गाँव-गाँव से साँप का विष उतारनेवाले पहुँचे हैं। कोई जोर-जोर से मंत्र पढ़ रहा है, कोई कोड़े फटकार रहा है, कोई जड़ी पीसकर पिलाने की कोशिश में है, कोई उसकी नाक में कुछ सुँघा रहा है। जब-तब वह आँखें खोलता है, रह-रहकर हाथ-पैर फटकारता है, फिर निस्तब्ध हो जाता है। निस्तब्धता निस्पंदता में और निस्पंदता निर्जीवता में बदलती जाती है। बूढ़ा बाप छाती पीट रहा है, छोटा भाई दहाड़ मारकर रो रहा है। माँ और स्त्री की गत का क्या कहना! विष उतारनेवाले कहते हैं—'हम क्या करें? साँप का विष उतरता है न, यह तो आदमी का विष है! सीधा जादू, ठीक आधी रात को लगाया गया है, उतर जाए तो भाग!' बूढ़े का वैसा भाग्य नहीं था। धीरे-धीरे हम लोगों के देखते-देखते उसके जवान बेटे की अरथी उठ रही थी! दूसरे ही दिन उसका सारा परिवार गाँव छोड़कर चला गया।

''अरे, यह बुढ़िया नहीं, काल है! आदमी नहीं, साँपिन है। चलती-फिरती चुड़ैल! बामनी है, नहीं तो इसे जिंदा गाड़ देने में कोई पाप नहीं लगता।''

मामा की आँखें अब अँगारे उगल रही थीं। मैं चुप था। भावना पर दलील का क्या असर हो सकता है भला!

□

शिवरात्रि का यह मेला! लोगों की अपार भीड़—बच्चे, जवान, बूढ़े, लड़कियाँ, युवतियाँ, बुढ़ियाँ। शिवजी पर पानी, अक्षत, बेलपत्र, फूल, फल। फिर एक ही दिन के लिए लगे इस मेले में घूम-फिर, खरीद-फरोख्त। धक्के-पर-धक्के। चलने की जरूरत नहीं, अपने को भीड़ में डाल दीजिए, आप-ही-आप किसी छोर पर लग जाइएगा। बच्चों और स्त्रियों की अधिकता! उन्हीं के लायक ज्यादा सौदे। खँजड़ी, पिपही, झुनझुने, मिट्टी की मूरतें, रबर के खिलौने, कपड़े के गुड्डे, रंगीन मिठाइयाँ, बिस्कुट, लेमनचूस। टिकुली, सिंदूर, चूड़ियाँ, रेशम के लच्छे, नकली नोट, चकमक के पत्ते, आईना, कंघी, साबुन, सस्ते एसेंस और रंगीन पाउडर। भाव-साव की छूट, हल्ला-गुल्ला। गहनों के झमझम में चूड़ियों की झनझन। साड़ियों के सरसर में हँसी की खिलखिल।

कहीं नाच हो रहा, कहीं बहुरूपिए स्वाँग दिखा रहे, कहीं घिरनी और चरखी पर बच्चे झूले का मजा लूट रहे।

अकस्मात् एक ओर से शोर—"पगली पगली पगली!" "छोड़ो, छोड़ो, छोड़ो!" "डायन, डायन, डायन!" "मारो, मारो, मारो!"

एक औरत भागी जा रही है—अधनंगी, अधमरी! लोग उसका पीछा कर रहे हैं। बात क्या है?

मेले में आई एक युवती अपने बच्चे को एक सखी के सुपुर्द कर सौदा करने गई थी। सखी सीधे-सरल स्वभाव की थी। बच्चे चंचल होते ही हैं। सखी 'लाल छड़ी' की रंगीन मिठाई बेचनेवाले की बोली पर भूल गई—'मेरी लाल छड़ी अलबत्ता, मैं तो बेचूँगा कलकत्ता, मैं तो बेचूँगा कलकत्ता!' इधर बच्चा उसकी अँगुली छोड़कर, धीरे से वहाँ से निकलकर झुनझुनेवाले के पास पहुँच गया। जब सखी का ध्यान लाल छड़ी से टूटा तो वह व्याकुल होकर बच्चे को खोजने निकली। देखती क्या है, एक बुढ़िया उस बच्चे को गोद में लिये झुनझुने दे रही है और मिठाइयाँ खिला रही है। कैसी उसकी सूरत—फटा-चिटा कपड़ा, धूल से भरा शरीर, बिखरे बाल, लाल-लाल आँखें, बड़ी-बड़ी टाँग, बड़ी-बड़ी बाँह। उसे

देखते ही वह चीख पड़ी—डायन! बुढ़िया चौंकी, गुर्राई—ऐं, क्या बोलती है? किंतु वह तो चिल्लाए जा रही थी। डायन! डायन! हल्ला देख बच्चा चीखने लगा। बुढ़िया ने बच्चे को कंधे पर लिया। वह बुढ़िया के नजदीक पहुँचकर बच्चे को उससे छीनने की कोशिश करने लगी। एक हल्ला, एक शोर, एक गौगा! अब बच्चा सखी की गोद में और बुढ़िया को लोग पीट रहे हैं। बच्चा बार-बार उसकी ओर देखकर 'बुदिया', 'बुदिया' कह उठता है, मानो उसकी मार पर तरस खाता हो, उसकी गोद को ललक रहा हो! किंतु कौन उस पर ध्यान देता है?

बुढ़िया भागी जा रही है, स्त्रियाँ- बच्चे-मर्द उसके पीछे लगे हैं। थोड़ी-थोड़ी देर पर वह रुकती है, दाँत दिखाती है, हाथ जोड़ती है, कभी-कभी गुस्सा होकर ढेले उठाती है। वह सिर्फ ढेले उठाती है, लोग उस पर ढेले फेंकते हैं। इसी भागा-भागी में वह एक जगह पहुँचती है, जहाँ पहले एक कुआँ था। अब उसकी गत खराब हो गई थी, वह भठ रहा था। भागने में व्याकुल उसका ध्यान उस ओर न रहा, धड़ाम से उस कुएँ में जा गिरी।

भीड़ रुकती है। कोई कहता है—मरने दो! कोई कहता है—निकालो। जब तक निर्दयता पर करुणा की विजय हो, तब तक वह जल-समाधि ले चुकती है।

यह उसकी लाश है? किसकी लाश है? बुढ़िया की लाश—रूपा की आजी की लाश!

रूपा की आजी की लाश! वह यहाँ कहाँ?

रूपा की शादी बड़ी धूम से की उसने—सारी जायदाद बेचकर। जिस भोर में रूपा की पालकी ससुराल चली, उसी शाम को वह घर छोड़कर चल दी। कहाँ? कौन जाने! इतने दिनों तक वह कहाँ-कहाँ की धूल छानती आज पहुँची थी इस मेले में। क्यों? क्या रूपा को देखने? उसके बच्चे को देखने? क्या वह रूपा का बच्चा था? उसने परिचय क्यों न दिया?

छोड़िए उस चर्चा को।

□

बहुत दिन हुए, रवि बाबू की एक कहानी पढ़ी थी। एक भद्र परिवार की महिला हैजे से मर गई। लोग जलाने को श्मशान ले गए। चिता सजाई जा रही थी कि वर्षा होने लगी। चिता छोड़कर लोग बगल की अमराई की मँड़ैया में छिपे रहे। काली रात थी। जब वर्षा खतम हुई, उन्होंने पाया, चिता से मुरदा गायब! क्या सियार खा गए? खोज-ढूँढ़ फिजूल गई। किंतु किस तरह बाबू साहब से कहा जाएगा कि उनकी असावधानी से मुरदा गायब हुआ? झूठ-मूठ चिता में आग लगाकर चले आए। इधर बेचारी महिला पानी की बूँद से जीवन पा चिता से उठी। दिन भर खेतों में छिपी रही। भद्रकुल की महिला थी। रात में जब घर पहुँची, दरवाजा खटखटाया। उसकी बोली सुन लोग दौड़े—अरे, भूत,भूत! नैहर पहुँची, वहाँ भी भूत, भूत! बहन के घर पहुँची, वहाँ भी भूत, भूत! जहाँ जाए, वहीं भूत, भूत! आखिर उसने अपने को गंगाजी की गोद में सुपुर्द कर दिया।

क्या 'रूपा की आजी' भी कुछ इसी तरह लोकापवाद की शिकार नहीं हुई? घटनाओं ने उसके साथ साजिशें कीं, लोगों ने जल्लाद का काम!

□

देव

तपेसर भाई के बगीचे में विलायती अमरूद का एक पेड़ था। मैं कह नहीं सकता, उसकी पहली कलम विलायत से आई थी या कहाँ से! नई किस्म की चीजों का, खासकर वह छोटी नस्ल की हो तो, विलायती का नाम पड़ते मैंने देहातों में प्राय: देखा है। छोटे कुत्ते विलायती कुत्ते हो गए हैं! टमाटर विलायती बैंगन बन गया है।

यह विलायती अमरूद का पेड़ साधारण अमरूद के पेड़ों से छोटा। इसकी डालियाँ तुनक, लचीली। पत्ते गहरे हरे, ज्यादा चिकने और छोटे-छोटे। फल बड़ी सुपारी से बड़े नहीं। पकने पर उनपर दूधिया रंग चढ़ जाता। लेकिन गूदा लाल टेस।

हम बच्चे इस पर किस तरह टूटते और हमसे रखवाली करने में तपेसर भाई कैसी चौकसी रखते!

''देखा है देव, तुमने विलायती अमरूद कैसे पक गए हैं?''

''कहो, तोड़ लाऊँ?''

''अरे, तपेसर भाई, टाँग तोड़ देंगे।''

''हट, बड़े तोड़नेवाले बने हैं वह!''

वह तीर-सा सन्न से निकला । पेड़ों-झाड़ियों की आड़ लेता, लुकता-छिपता, कहीं झुकता, कहीं पेट के बल रेंगता धीरे-धीरे विलायती अमरूद के पेड़ के नीचे पहुँचा और फिर बंदर-सा—नहीं,

गिलहरी-सा, वह सर्र से पेड़ पर चढ़ गया। हमने दूर से देखा, उसके छोटे-छोटे हाथ ताबड़-तोड़ पके अमरूद तोड़ रहे हैं। इधर मेरी जीभ पानी-पानी हो रही थी।

लाभ से लोभ! देव धीरे-धीरे पतली-से-पतली डाली पर खिसकता गया और मैं देख ही रहा था, वह लपककर एक पका अमरूद पकड़ रहा था कि उसके पैर के नीचे की डाली अरराकर टूट गई। बाएँ हाथ से ऊपर की जिस पतली डाल को वह पकड़े था, वह भी उसके पूरे बोझ को बरदाश्त न कर सकी। उसे लिये-दिए वह जमीन पर धम्म से आ गिरा।

और, यह खरखराहट सुन तपेसर भाई अपनी मँड़ैया से सोंटा लिये निकले। देव एक मिनट भी बैठा नहीं रहा। फुरती से खड़ा हुआ और सिर पर पैर रखे भागा। बूढ़े तपेसर भाई कहाँ तक दौड़ते! गाली-गुफ्तार देकर बगीचे में लौट आए।

मैं दूसरी राह से जाकर उससे मिला। उसके कोट की दोनों जेबों में पके अमरूद, पत्तियों सहित, झाँक रहे थे। लो, खाओ—उसने अपना हाथ कोट के पॉकेट में डालना चाहा।

अरे, यह क्या?

देखा, उसकी बाईं बाँह निर्जीव-सी झूल रही है। कुहनी की हड्डी उतर गई है। मालूम होता है—हाथ के दो टुकड़े हो गए हैं, जो चमड़े से जुड़े मात्र हैं। देव ने उस ओर भागने के जोर में ध्यान भी नहीं दिया था। मैंने समझा, अब इस ओर ध्यान जाते ही देव पीड़ा से चिल्ला उठेगा। लेकिन, वह—

वह जरा सा चौंका भर। बिना आह-उफ किए अमरूद की ओर इशारा करते मुझसे बोला, 'जेब से निकाल लो।' मैं क्या निकालता, काँपता हुआ बोला—'उफ देव, तुम्हारी बाँह टूट गई!'

'जुड़ जाएगी, वह लापरवाही से बोला और मेरे अँगोछे की ओर इशारा करते हुए कहा, जरा इससे समेटकर इसे मेरे गले से बाँध तो दो।'

उस टूटी हुई बाँह को अँगोछे से सँभालकर झोले की तरह उसकी गरदन में लटकाते हुए मैंने कितनी पीड़ा का अनुभव किया। लेकिन, उसने जरा उँह भी नहीं की! हाँ, उसकी आँखें कुछ लाल जरूर हो आईं। मैंने कहा—'कैसे हो तुम, क्या दर्द नहीं मालूम होता?'

'होता क्यों नहीं, वाह! लेकिन, चिल्लाने से क्या? क्या उससे दर्द कम हो जाएगा?' उसके होंठ हिल रहे थे।

□

चारों ओर हरियाली-ही-हरियाली। खेतों में मकई, सावाँ, धान, भदई, लहरा रही थीं। रास्तों और सड़कों पर तरह-तरह की घासें उग आईं। पेड़ों की धुली-पुँछी पत्तियाँ मन को मोह लेतीं। घरों पर कद्दू-झिंगुनी आदि की लताएँ फैल रही थीं।

इसी हरियाली में जन्माष्टमी पहुँच आई। आम के बगीचों में मिठुआ, बंबई, मालदह की फसल खतम हो चली थी जरूर, लेकिन अभी फजली, भदैया, राढ़ी के गुच्छे लटक ही रहे थे। खेतों में मकई की बालों में दूध भर आया था। बारियों में अमरूद की डालियाँ और खीरे की लत्तियाँ फलों से लदी थीं। एक तो 'फलाहार' की ऐसी सुविधा, फिर दिन भर का ही तो व्रत—हम बच्चों के लिए जन्माष्टमी से बढ़कर कौन व्रत हो सकता था? हममें से अधिकांश व्रती थे।

बगीचे के बीच में जो ठाकुरबाड़ी है, उसमें व्रत की तैयारियाँ हो रही थीं। लोगों की आवा-जाही लगी थी। तरह-तरह के 'प्रसाद' तैयार किए जा रहे थे। धनिया भूनकर 'पंजनी' बनाने की जो तैयारियाँ हो रही थीं, उसकी सौंधी सुगंध हम बच्चों को पागल बना रही थी। ठाकुरबाड़ी से कुछ दूर हट, एक पेड़ पर झूला डाले पेंग-पर-पेंग ले रहे थे। कब सूरज डूबे, आधी रात बीते, चाँद उगे, कृष्ण भगवान् जनमें और हम फंके-पर-फंके पंजनी फाँकें—हमारी अधीरता का क्या कहना!

हम सात-आठ बच्चे थे। एक-दो लड़कियाँ भी थीं। देव भी था। बिना उसके कौन पेड़ पर चढ़कर रस्सी लटकाता और उतने जोर से पेंग भी कौन देता?

पेंग-पर-पेंग! कभी गाना, कभी हाहा-हीही!

साँप! साँप!! एक लड़की चिल्ला उठी। बगीचे से सटी जो बँसवारी थी, उसमें एक जोड़ा गेहुँअन रहता है, यह तो प्रायः सुन रखा था हमने; लेकिन इस मध्य दुपहरी में, जब हम इतने लोग इकट्ठा होकर कोलाहल कर रहे थे, साँप निकलेगा, इसकी तो कल्पना ही नहीं थी। लड़की की आवाज के साथ ही हमारी नजरें उस ओर दौड़ गईं, जिधर उसकी काँपती तर्जनी इशारा कर रही थी। बाप रे—सबके मुँह से निकला, और कई तो बेतहाशा भागे। घबरा तो हम सभी गए थे। शायद भादों की इस बिना बादल की सूर्य-किरणों की असीम गरमी से व्याकुल हो साँप अपनी बाँबी से निकला था और कहीं निश्चित ठंडी जगह की तलाश में चला था। जब कुछ बच्चे चीखकर भागे, उनकी चीख सुनकर वह जहाँ-का-तहाँ अड़ गया और सिर उठाकर अच्छी तरह हमें देखना चाहा। उफ, उसकी सूरत! ढाई हाथ से लंबाई कम नहीं। पत्तों से छनकर जो सूर्य-किरणें उस पर पड़ रही थीं, उससे उसका गेहुँआ शरीर दमक रहा था। फन काढ़े वह खड़ा था। फन चार इंच से कम चौड़ा क्या होगा! दो खूबसूरत, मादक आँखें चमक रही थीं। जीभें लप-लप करतीं!

क्या किया जाए, यह सवाल उठने भी न पाया कि देखा, देव एक डंडा लिये उस ओर बढ़ रहा है। मैंने उसे रोकना चाहा। हमने सुन रखा था, दुनिया में साढ़े तीन ही वीर हैं—पहला भैंसा, दूसरा सूअर, तीसरा गेहुँअन और आधा राजा रामचंद्र! भैंसे, सूअर और गेहुँअन सीधा वार करते, कभी पीठ नहीं दिखाते। रामचंद्र वीर थे, लेकिन बाली को मारने के लिए उन्होंने पेड़ की ओट ली थी! यों, जो राजा रामचंद्र से भी ज्यादा वीर थे, उनमें से एक हमारे सामने खड़ा है और उसे छेड़ने को यह हमारा छोटा साथी देव, एक छोटा सा डंडा लिये, बढ़ रहा है। छोड़ो उसे, भागो! हम यह चिल्ला ही रहे थे कि देव साँप से एक लग्गी पर पहुँच चुका था।

उसे अपनी ओर आते देख एक बार तो साँप ने फन समेटकर सिर

नीचा कर दिया। मैंने समझा, अब वह भागेगा। लेकिन नहीं, ज्यों ही देव उससे एक लग्गी पर गया, एकबारगी लगभग एक हाथ सिर उठा, फन को ज्यादा-से-ज्यादा चौड़ा कर उसने वह फुफकार छोड़ी, जिसने कालिया नाग की कृष्ण पर की गई फुफकार की याद दिला दी। फुफकारें छोड़ता वह सिर को लगातार हिला रहा था, जैसे वह गुस्से से काँप रहा हो! देव, भागो—हमने चिल्लाकर कहा। लेकिन वह उसका फन देखता अपना डंडा सँभाले खड़ा था। न साँप एक इंच आगे बढ़ता, न देव के ही पैर आगे या पीछे उठते। इधर हमारा शरीर पसीने-पसीने हो रहा। देव की आँखें गेहुँअन की आँखों पर गड़ी थीं।

भागो—हम फिर चिल्लाए। उसी समय देखा, देव अपने डंडे को सँभाल रहा है और पलक मारते ही उसने छोटे डंडे को इस तरह तौलकर फेंका कि वह जोरों से साँप के फन के ठीक नीचे, जमीन से लगभग एक बालिश्त ऊपर, उसकी गरदन पर कहिए, तड़ से लगा। डंडा इतने जोर से लगा कि साँप फन सहित एकबारगी उलट गया। किंतु, दूसरे ही छण वह सँभलकर फिर खड़ा था। और इस बार मालूम होता, सिर्फ उसकी पूँछ का कुछ इंच हिस्सा जमीन पर है; नहीं तो वह पूरा-का-पूरा खड़ा है—फन फुलाए, झूमता, फुफकारता! मालूम होता, साक्षात् यमराज तांडव नृत्य कर रहा है! देव का हाथ खाली है, साँप कहीं उस पर टूटा तो आज वहीं-का-वहीं रह जाएगा, मैंने सोचा। लेकिन, किसकी हिम्मत जो देव की मदद में यमराज के मुँह की ओर बढ़े! देव खड़ा था। कहीं उसे भय से थरथरी तो नहीं मार गई? भागो, भागो!

लेकिन यह क्या? फिर तुरंत ही साँप आप-ही-आप इस तरह जमीन पर गिरा कि हमने उसके गिरने की पट्ट-सी आवाज भी सुनी। गिरकर वह लगातार पूँछ पटकने और जमीन से थोड़ा ऊपर सिर उठा-उठाकर फुफकार छोड़ने लगा। उसके गिरते ही हममें से कुछ की हिम्मत हुई। गुल्ली-डंडा खेलने के लिए जो डंडे थे, उन्हें लेकर हम आगे बढ़े। मालूम होता था, पहला डंडा ऐसा लगा था कि उसकी

गरदन की हड्डी टूट गई थी, लेकिन 'बाई के झोंके में' वह खड़ा हुआ था। लेकिन बाई के बल पर टूटी हड्डी कब तक तनी रहती? वह गिरा और अब अपनी बेचारगी पर सिर धुन रहा था। हमें बढ़ते देख देव ने हमें रोका और हमारे डंडे लेकर उसने खुद किस तरह उसे खेला-खेलाकर मारा! पहले दो-तीन डंडे अलग से ही फेंककर मारे, फिर नजदीक जाकर उसके धड़ पर कई डंडे लगाए। तब डंडे का एक हिस्सा उसके मुँह के नजदीक ले जाता, साँप किचकिचाकर पकड़ता, देव खिलखिलाकर हँसता। यों ही बहुत देर तक उस साँप से वह मृत्यु-क्रीड़ा करता रहा। उसी समय देव के बाबा एक ओर से आते दीखे। उनकी खाँस सुन देव चौंका और झटपट बार-बार डंडे बरसाकर साँप का सिर भुरता बना, किलकारियाँ मारता भागा। हम भी उसके साथ भागे।

□

देव के बाबा चाहते थे, देव पढ़े। गाँव की पढ़ाई जैसे-तैसे समाप्त कर वह शहर के स्कूल में भी गया। लेकिन वहाँ ज्यादा दिनों तक टिक न सका।

गाँव लौटकर वह अपनी घर-गिरस्ती में लग गया। अजीब ढंग का विकास हुआ उसका। जिसने जरा छेड़खानी की, उससे उलझ गया। बात का जवाब हाथ से, ठोंगे का जवाब लाठी से। चाहे चौपाया भैंसा हो या दोपाया, जिससे भिड़ गया, बिना नाथे नहीं छोड़ा। गाँव के सबसे ऊँचे बाँस की फुनगी के पत्ते वह तोड़ता, सबसे ऊँची डाल का फल चखता। उसकी भैंस हमेशा हरियरी पाती, उसके बैल बिना जाव के विचरते। किसी का खेत उजड़ता हो तो उजड़े, देव को क्या परवाह? और कौन उसके मुँह लगने की गुस्ताखी करे?

उसके चरित्र पर काला धब्बा लगानेवाली कहानियाँ भी थीं। लेकिन न जाने क्यों, मैं हमेशा ही उससे अनुरक्त रहा। कई दिन मामाजी ने डाँटा-डपटा—"क्यों उससे बातें करते हो, मिलते हो? वह बदमाश है, बदचलन है। तुम पढ़-लिख रहे हो, ऐसे लोगों की संगत

और चाहत अच्छी नहीं।'' जब वह नाराजी में बकते, मैं चुपचाप सुनता। उनकी बात के औचित्य और सत्यता पर संदेह करने की कोई बात ही नहीं थी। लेकिन, सब जान-सुनकर भी मैं अपने को उससे अलग नहीं रख सकता था। क्यों? मैं तब इस तरह के तर्क का आदी भी नहीं था।

एक दिन शाम का वक्त। मैं छुट्टी में घर आया था। प्रकृति-प्रेमी स्वभाव मुझे गाँव से खींच सरेह की ओर ले चला। रास्ते में देव मिल गया। हम दोनों चले। एक खेत में शकरकंद की लत्तियाँ इतनी घनी हो गई थीं कि उनपर पैर रखने में मखमल का मजा आता था। लत्तियों में जहाँ-तहाँ लाल-लाल फूल भी आ गए थे—मानो हरे मखमली फर्श पर गुलाब की कलियाँ खिली हों! मैं उस पर बैठ गया।

''देव, कुछ गाओ।''

''खूब! कभी मुझे गाते सुना है?''

''अच्छा, एक कहानी!''

''कैसी? आपबीती!'' वह मुसकुरा पड़ा। देव में हमने हमेशा यह गुण पाया कि वह झूठ कभी नहीं बोलता। वह अपनी प्रेम-कथाएँ कहने लगा। देहात के वे 'रोमांस' और उन रोमांस के वे अनोखे 'एडवेंचर'। कब सूरज डूबा, किस तरह किरणें सिमटीं, मालूम नहीं। एकाएक अंधकार देख—अब चलें—कहकर हम चल पड़े।

थोड़ी दूर साथ आए। एकाएक देव चुप हो गया। फिर बोला, ''अच्छा, आप मेरा साथ क्यों करते हैं, आपकी शिकायत होती है न?''

''पागल, शिकायत की तुम्हें क्या परवाह? ऐसी बातें न किया करो।''

वह फिर चुप हो गया और बड़ी संजीदगी से बोला, ''अच्छा, कोई एक काम आप मुझसे कहिए, जो मैं करूँ। कोई अच्छा काम, जो देश के लिए भी फायदे का हो।''

मुझे याद आया, मैं कभी-कभी देव से देश-दशा पर कुछ बातें

कर लिया करता था। मालूम होता, वे बातें उसके हृदय में गड़-सी गई थीं। किंतु आज उसके इस सवाल पर मैं असमंजस में पड़ गया। देव और देश! खैर, कुछ कहना चाहिए, कह दिया—"ज्यादा क्या करोगे, खादी पहनो।"

लेकिन, खादी तो शहर में ही मिलती है! और कोई शहर यहाँ से २०-२२ मील से कम दूर नहीं। पर, देव को मानो अपनी इस कैफियत पर कुछ झेंप हुई। बोला—"अच्छा, मैं किसी तरह मँगा लूँगा।"

देव ने जिस दिन खादी पहनी, गाँव में एक अजीब दिल्लगी रही। लोग आपस में कहते, "सौ-सौ चूहे खाय के बिलाई चली हज को!" किंतु, देव के मुँह पर कोई क्या बोलता?

□

सन् ३० का तूफान खत्म ही हुआ था कि ३२ की आँधी जोरों पर चल निकली। ४,५०० बददिमागों के साथ मैं भी पटना कैंप जेल के मजे ले रहा था।

रोज नए लोगों के झुंड आते, पुरानों के जाते। यह आने-जाने की क्रिया इस धड़ल्ले से जारी थी कि अब उसमें कोई हर्ष-विषाद नहीं रह गया था। महासागर में कितनी नदियाँ गिरतीं, कितना जल भाप बनकर उड़ता, वह अपनी ही तरंगों में मस्त, घट-बढ़ का वहाँ सवाल कहाँ!

लेकिन, एक दिन जब फाटक से एक परिचित सूरत को भीतर आते देखा और जब पता चला, वह देव है, तब आश्चर्य और आनंद का ठिकाना न रहा। इधर कुछ दिनों से देव से कम संबंध रह गया था। मैं लेखक था, संपादक था, देशभक्त था, नेता था। अब फुरसत कहाँ थी कि देव की कोई खोज-खबर भी रखता!

और देव जेल में! यह तो कल्पना भी नहीं हो सकती थी। किंतु आनंद के उद्रेक में कुछ पूछने की फुरसत भी कहाँ थी? उसे अपने ही वार्ड में ले आया। शाम का ही वक्त था। खाने-पीने के बाद तुरंत ही वार्ड-बंदी हुई। भीतर गाँव-घर का हाल-चाल पूछते, बतियाते हम दोनों को नींद आ गई। हम पास-पास सोए थे। सोए ही थे कि बीच में

मेरी नींद टूटी और पाया, देव कुछ कराह रहा है—जैसे मर्मांतक पीड़ा होने पर धीरे-धीरे, लेकिन बड़े दर्द से लोग कराहते हैं। देव कोई सपना तो नहीं देखता, बुरा सपना—मैंने झकझोरकर उसे उठा दिया। वह जगा। लेकिन पूछने पर कुछ बोला नहीं। फिर उसे नींद आई तो वही बात। एक बार और उठाया। लेकिन, कितनी बार उठाता उसे?

कल कुनकुन ने, जो उसके साथ आया था, इसका रहस्य बताया।

अब यह पुराना देव नहीं है।

देव अपने थाने का एकच्छत्र नेता होकर इस बार यहाँ आया है। नेता? हाँ-हाँ, हाँ!

लेकिन इस नेतृत्व की कैसी कीमत अदा करनी पड़ी है उसे?

देव का थाना जिला भर में क्या, अपने काम से सारे प्रांत में प्रसिद्धि प्राप्त कर गया। कांग्रेस-बुलेटिनों में उनकी चर्चा। सत्याग्रहियों की टोलियाँ लगातार सरकार को परेशान और सब-डिवीजन की छोटी सी जेल को आबाद किए रहतीं। जिले के अधिकारी बड़े घपले में। पुलिस के धावे, जब्तियाँ, जेल, कुछ भी कारगर साबित न हुए। जब तक खुराफात की जड़ देव नहीं पकड़ा जाता, तब तक सब धरपकड़ फिजूल थी, और देव को पकड़ने की उनकी सारी चेष्टाएँ बार-बार बेकार जा चुकी थीं।

किंतु पुलिस जो काम हजार सरगर्मी दिखाकर और लाख सिर पटककर न कर सकी, एक दिन देव ने खुद कर लिया। अब थोड़ा जेल का मजा लिया जाए, उसने तय किया। खबर कर दी गई, अमुक दिन थाने पर जुलूस जाएगा और नेतृत्व करेगा देव। दारोगाजी को अपनी ताकत पर विश्वास न हुआ। कुछ सशस्त्र पुलिस लेकर इंस्पेक्टर साहब आए—पाँच हाथ का वह भीमकाय इंस्पेक्टर! जुलूस के नेता की हैसियत से देव पकड़ा गया, कुनकुन वगैरह कई और भी! थाने की छोटी सी हवालात में सब ठूँस दिए गए। शाम बीती, रात आई, आधी रात। सारा आलम सन्नाटे में। उसी समय हवालात खुली। देव उठाया गया। वह बगल के कमरे में ले जाया गया।

उसके बाद? उसके बाद···कुनकुन के चेहरे पर गुस्सा था, आँखें सुर्ख हो गईं। वह बोला, "पूछिए नहीं, उसके बाद क्या हुआ? उफ··· इंस्पेक्टर ने···उफ्···

"हम उसका गरजन-तरजन सुन रहे थे। लगातार तड़ाक-फड़ाक सुन रहे थे। किसी के गिरने और उठने की आवाज सुन रहे थे। क्या देवजी पर मार पड़ रही है? लेकिन वह चिल्लाते तो नहीं हैं?

"और, यही न चिल्लाना तो उनके लिए आफत हो गई। इंस्पेक्टर अपने चमड़े-मढ़े डंडे से, थप्पड़ से, घूँसे से, गिर पड़ने पर भारी बूटों से, लगातार प्रहार-पर-प्रहार करता रहा; लेकिन देवजी चिल्लाते कहाँ तक? उनकी आँखों में आँसू तक न आए। आज तुम्हें रुलाऊँगा या जान से मार डालूँगा—यह थी उसकी आन और देवजी अपनी शान पर जान दे रहे थे।

"हाँ, जान दे रहे थे! मार खाते-खाते वह बेहोश हो गए। पानी पिलाकर होश में लाए गए। रोते हो या मरते हो? उस इंस्पेक्टर के बच्चे ने पूछा। देवजी मुसकुरा पड़े। हाँ, दारोगाजी ने खुद हमसे कहा था, देवजी मुसकुरा पड़े। फिर क्या था, उसने फिर डंडे, लात-घूँसे और बूट के प्रहार शुरू किए। फिर बेहोश-बेहोश होकर जब देवजी गिरे, उनकी छाती पर वह बूट-सहित चढ़ गया और हुमचने लगा। दो-तीन हुमच—देवजी के मुँह से खून निकल आया।

'खून हुजूर, खून'—दारोगा चिल्ला पड़ा।

'मरने दो साले को'! क्रोध से आगबबूला वह इंस्पेक्टर बोला—'इसने हमें तंग कर रखा था।'

"लेकिन कहना जितना आसान था, खून करना अगर उतना ही आसान होता! उसने भी परिस्थिति की गंभीरता का अनुभव किया। इधर खटपट सुन हमने भी हवालात से हो-हल्ला किया। सुना, वह हमारी खबर लेने को भी हुमका! लेकिन दारोगा ने हस्तक्षेप किया—'हुजूर, अगर यह बात लोगों को मालूम हुई, हममें से एक भी इस रात को जिंदा न बचेगा। आप इस जवार को नहीं जानते, हुजूर!'

''इंस्पेक्टर उसी समय वहाँ से चल पड़ा। थोड़ी देर के बाद दारोगाजी देवजी को लिये हमारे पास आए। उफ—उनकी हालत! सारा शरीर क्षत-विक्षत!

''लेकिन देवजी ने जरा उफ भी न की, न ये बातें कहीं! उस रात को ही मोटर से हम लोग सब-डिवीजनल जेल में भेज दिए गए। कल होते-होते देवजी का समूचा शरीर फूल उठा। दवा-दारू हुई। ऊपर से अच्छे भी हुए। लेकिन पीड़ा को ऊपर न आने देने की उन्होंने जो मर्मांतक चेष्टा की, उससे मालूम होता है, पीड़ा को उनके मर्म तक पहुँचा दिया। तब से ही रात में, जब वह सोते हैं, यों ही कराहते रहते हैं''—कुनकुन ने कहा और एक लंबी साँस ली।

दिन की रोशनी में मैंने देव को अच्छी तरह देखा। देह पर अब भी काले निशानों का दौर-दौरा था। किंतु उस काले निशानोंवाली देह के अंदर जो आत्मा थी—उज्ज्वल, ज्वलंत, दिव्य, ऊर्जस्वित!

□

बालगोबिन भगत

न जाने वह कौन सी प्रेरणा थी, जिसने मेरे ब्राह्मण का गर्वोन्नत सिर उस तेली के निकट झुका दिया था। जब-जब वह सामने आता, मैं झुककर उससे 'राम-राम' किए बिना नहीं रहता। माना, वे मेरे बचपन के दिन थे, किंतु ब्राह्मणता उस समय सोलहों कला से मुझ पर सवार थी। दोनों शाम संध्या की जाती, गायत्री का जप होता, धूप-हवन जलाए जाते, चंदन-तिलक किया जाता और इन सारी चेष्टाओं से 'ब्रह्म' को जानकर पक्का 'ब्राह्मण' बनने की कोशिशें होतीं—ब्रह्म जानाति ब्राह्मणः! इस ब्राह्मणत्व के जोश में मैंने ऐसे कई ब्राह्मणेतर लोगों का पालागन करना छोड़ दिया था, जिन्हें गाँव के नाते बचपन से ही करता आया था। कहाँ मैं और कहाँ हमारे समाज के सबसे नीचे स्तर का यह तेली—यह क्यों बरबस मेरे सिर को झुका डालता? तेली, जिसका मुँह देखने के बाद यात्रा सफल नहीं होती, ऐसी व्यवस्था दे रखी थी हमारे समाज ने। 'तेलिया-मसान', यह घृणास्पद आस्पद जुड़ा था जिस जाति के साथ। और, तब तक मुझमें वह ज्ञान भी नहीं था कि समझूँ कि ये सारी बातें हमारे सड़े समाज की घृणिततम मनोवृत्ति की सूचक हैं।

हाँ, बालगोबिन भगत तेली थे। किंतु तेलियों में साधारणतः पाए जानेवाला काला रंग नहीं था उनका। मँझोले कद के गोरे-चिट्टे

आदमी थे। साठ से ऊपर के ही होंगे। बाल पक गए थे। लंबी दाढ़ी या जटा-जूट तो नहीं रखते थे, किंतु हमेशा उनका चेहरा सुफेद बालों से ही जगमग किए रहता। कपड़े बिलकुल कम पहनते। कमर में एक लँगोटी मात्र और सिर में कबीरपंथियों की-सी कनफटी टोपी! जब जाड़ा आता, एक काली कमली ऊपर से ओढ़े रहते। मस्तक पर हमेशा चमकता हुआ रामानंदी चंदन, जो नाक के एक छोर से ही, औरतों के टीका की तरह, शुरू होता। गले में तुलसी की जड़ों की एक बेडौल माला बाँधे रहते।

ऊपर की तसवीर से यह नहीं माना जाए कि बालगोबिन भगत साधु थे। नहीं, बिलकुल गृहस्थ! उनकी गृहिणी की तो मुझे याद नहीं, उनके बेटे और पतोहू को तो मैंने देखा था। थोड़ी खेतीबारी भी थी, एक अच्छा साफ-सुथरा मकान भी था।

किंतु खेतीबारी करते, परिवार रखते भी बालगोबिन भगत साधु थे। साधु की सब परिभाषाओं में खरे उतरनेवाले! कबीर को 'साहब' मानते थे। उन्हीं के गीतों को गाते, उन्हीं के आदेशों पर चलते। कभी झूठ नहीं बोलते, खरा व्यवहार रखते। किसी से भी दो-टूक बात करने में संकोच नहीं करते, न किसी से खामखाह झगड़ा मोल लेते। किसी की चीज नहीं छूते, न बिना पूछे व्यवहार में लाते। इस नियम को कभी-कभी इतनी बारीकी तक ले जाते कि लोगों को कुतूहल होता। कभी वह दूसरे के खेत में शौच के लिए भी नहीं बैठते। वह गृहस्थ थे, लेकिन उनकी सब चीज 'साहब' की थी। जो कुछ खेत में पैदा होता, सिर पर लादकर पहले उसे 'साहब के दरबार' में ले जाते, जो उनके घर से चार कोस दूर पर था—एक कबीरपंथी मठ से मतलब! वह दरबार में 'भेंट' रूप रख लिया जाकर 'प्रसाद' रूप में जो उन्हें मिलता, उसे घर लाते और उसी से गुजारा चलाते।

इन सबके ऊपर मैं तो मुग्ध था उनके मधुर गान पर, जो सदा-सर्वदा ही सुनने को मिलते। कबीर के वे सीधे-सादे पद, जो उनके कंठ से निकलकर सजीव हो उठते।

असाढ़ की रिमझिम है। समूचा गाँव खेतों में उतर पड़ा है। कहीं हल चल रहे है, कहीं रोपनी हो रही है। धान के पानी भरे खेतों में बच्चे उछल रहे हैं। औरतें कलेवा लेकर मेंड़ पर बैठी हैं। आसमान बादल से घिरा; धूप का नाम नहीं। ठंडी पुरवाई चल रही। ऐसे ही समय आपके कानों में एक स्वर-तरंग झंकार-सी कर उठी। यह क्या है? यह कौन है? यह पूछना न पड़ेगा। बालगोबिन भगत समूचा शरीर कीचड़ में लिथेड़े अपने खेत में रोपनी कर रहे हैं। उनकी अँगुली एक-एक धान के पौधे को, पंक्तिबद्ध, खेत में बिठा रही है। उनका कंठ एक-एक शब्द को संगीत के जीने पर चढ़ाकर कुछ को ऊपर स्वर्ग की ओर भेज रहा है और कुछ को इस पृथ्वी की मिट्टी पर खड़े लोगों के कानों की ओर। बच्चे खेलते हुए झूम उठते हैं, मेंड़ पर खड़ी औरतों के होंठ काँप उठते हैं, वे गुनगुनाने लगती हैं; हलवाहों के पैर ताल से उठने लगते हैं; रोपनी करनेवालों की अँगुलियाँ क्रम से चलने लगती हैं। बालगोबिन भगत का यह संगीत है या जादू?

भादों की वह अँधेरी अधरतिया। अभी, थोड़ी ही देर पहले मूसलधार वर्षा खत्म हुई है। बादलों की गरज, बिजली की तड़प में आपने कुछ नहीं सुना हो, किंतु अब झिल्ली की झंकार या दादुरों की टर्र-टर्र बालगोबिन भगत के संगीत को अपने कोलाहल में डुबो नहीं सकतीं। उनकी खँजड़ी डिमक-डिमक बज रही है और वे गा रहे हैं—''गोदी में पियवा, चमक उठे सखिया, चिहुँक उठे न!'' हाँ, पिया तो गोद में ही है, किंतु वह समझती है, वह अकेली है, चमक उठती है, चिहुँक उठती है। उस भरे बादलोंवाली भादों की आधी रात में उनका यह गाना अँधेरे में अकस्मात् कौंध उठनेवाली बिजली की तरह किसे न चौंका देता? अरे, जब सारा संसार निस्तब्धता में सोया है, बालगोबिन भगत का संगीत जाग रहा है, जगा रहा है! 'तेरी गठरी में लागा चोर, मुसाफिर जाग जरा।'

कातिक आया नहीं कि बालगोबिन भगत की प्रभातियाँ शुरू हुईं, जो फागुन तक चला करतीं। इन दिनों वह सवेरे ही उठते। न जाने

किस वक्त जगकर वह नदी-स्नान को जाते—गाँव से दो मील दूर। वहाँ से नहा-धोकर लौटते और गाँव के बाहर ही, पोखरे के ऊँचे भिड़े पर, अपनी खँजड़ी लेकर जा बैठते और अपने गाने टेरने लगते। मैं शुरू से ही देर तक सोनेवाला हूँ; किंतु एक दिन, माघ की उस दाँत किटकिटवाली भोर में भी उनका संगीत मुझे पोखरे पर ले गया था। अभी आसमान के तारों के दीपक बुझे नहीं थे। हाँ, पूरब में लोही लग गई थी, जिसकी लालिमा को शुक्र तारा और बढ़ा रहा था। खेत, बगीचा, घर—सब पर कुहासा छा रहा था। सारा वातावरण अजीब रहस्यमय से आवृत्त मालूम पड़ता था। उस रहस्यमय वातावरण में एक कुश की चटाई पर पूरब मुँह, काली कमली ओढ़े बालगोबिन भगत अपनी खँजड़ी लिये बैठे थे। उनके मुँह से शब्दों का ताँता लगा था। उनकी अँगुलियाँ खँजड़ी पर लगातार चल रही थीं। गाते-गाते इतने मस्त हो जाते, इतने सुरूर में आ जाते, उत्तेजित हो उठते कि मालूम होता, अब खड़े हो जाएँगे! कमली तो बार-बार सिर से नीचे सरक जाती। मैं जाड़े से कँपकँपा रहा था; किंतु, तारे की छाँव में भी उनके मस्तक के श्रम-बिंदु जब-तब, चमक ही पड़ते।

गरमियों में उनकी 'संझा' कितनी ही उमस भरी शाम को न शीतल करती! अपने घर के आँगन में आसन जमा बैठते। गाँव के उनके कुछ प्रेमी भी जुट जाते। खँजड़ियाँ और करतालों की भरमार हो जाती। एक पद बालगोबिन भगत कह गाते, उनकी प्रेमी-मंडली उसे दुहराती, तिहराती। धीरे-धीरे स्वर ऊँचा होने लगता। एक निश्चित ताल, एक निश्चित गति से उस ताल-स्वर के चढ़ाव के साथ श्रोताओं के मन भी ऊपर उठने लगते। धीरे-धीरे मन तन पर हावी हो जाता। होते-होते एक क्षण ऐसा आता कि बीच में खँजड़ी लिये बालगोबिन भगत नाच रहे हैं और उनके साथ ही सबके तन और मन नृत्यशील हो उठे हैं। सारा आँगन नृत्य और संगीत से ओत-प्रोत है।

बालगोबिन भगत की संगीत-साधना का चरम उत्कर्ष उस दिन देखा गया, जिस दिन उनका बेटा मरा। इकलौता बेटा था वह। कुछ

सुस्त और बोदा-सा था; किंतु इसी कारण बालगोबिन भगत उसे और भी मानते। उनकी समझ में, ऐसे आदमियों पर ही ज्यादा नजर रखनी चाहिए या प्यार करना चाहिए; क्योंकि ये निगरानी और मुहब्बत के ज्यादा हकदार होते हैं। बड़ी साध से उसकी शादी कराई थी, पतोहू बड़ी ही सुभग और सुशील मिली थी। घर की पूरी प्रबंधिका बनकर भगत को बहुत कुछ दुनियादारी से निवृत्त कर दिया था उसने। उनका बेटा बीमार है, इसकी खबर रखने की लोगों को कहाँ फुरसत! किंतु मौत तो अपनी ओर सबका ध्यान खींचकर ही रहती है। हमने सुना, बालगोबिन भगत का बेटा मर गया। कुतूहलवश उनके घर गया। देखकर दंग रह गया। बेटे को आँगन में एक चटाई पर लिटाकर एक सफेद कपड़े से ढाँक रखा है। वह कुछ फूल तो हमेशा ही रोपे रहते। उन फूलों में से कुछ तोड़कर उस पर बिखरा दिए हैं; फूल और तुलसीदल भी। सिरहाने एक चिराग जला रखा है और उसके सामने जमीन पर ही आसन जमाए गीत गाए चले जा रहे हैं। वही पुराना स्वर, वही पुरानी तल्लीनता! घर में पतोहू रो रही है, जिसे गाँव की स्त्रियाँ चुप कराने की कोशिश कर रही हैं। किंतु, बालगोबिन भगत गाए जा रहे हैं! हाँ, गाते-गाते कभी-कभी पतोहू के नजदीक भी जाते और उसे रोने के बदले उत्सव मनाने को कहते—'आत्मा परमात्मा के पास चली गई, विरहिणी अपने प्रेमी से जा मिली, भला इससे बढ़कर आनंद की कौन बात?' मैं कभी-कभी सोचता, यह पागल तो नहीं हो गए! किंतु नहीं, वह जो कुछ कह रहे थे, उसमें उनका विश्वास बोल रहा था— वह चरम विश्वास, जो हमेशा ही मृत्यु पर विजयी होता आया है।

बेटे के क्रिया-कर्म में तूल नहीं किया, पतोहू से ही आग दिलाई उसकी। किंतु ज्यों ही श्राद्ध की अवधि पूरी हो गई, पतोहू के भाई को बुलाकर उसके साथ कर दिया, यह आदेश देते हुए कि इसकी दूसरी शादी कर देना। उनकी जाति में पुनर्विवाह कोई नई बात नहीं; किंतु पतोहू का आग्रह था कि वह यहीं रहकर भगतजी की सेवा-बंदगी में अपने वैधव्य के दिन गुजार देगी। लेकिन भगतजी का कहना था—

‘नहीं, यह अभी जवान है। वासनाओं पर बरबस काबू रखने की उम्र नहीं है इसकी। मन मतंग है, कहीं इसने गलती से नीच-ऊँच में पैर रख दिए तो? नहीं-नहीं, तू जा!’ इधर पतोहू रो-रोकर कहती—‘मैं चली जाऊँगी तो बुढ़ापे में कौन आपके लिए भोजन बनाएगा? बीमार पड़े तो कौन एक चुल्लू पानी भी देगा? मैं पैर पड़ती हूँ, मुझे अपने चरणों से अलग नहीं कीजिए!’ लेकिन भगत का निर्णय अटल था—‘तू जा, नहीं तो मैं ही इस घर को छोड़कर चल दूँगा’—यह थी उनकी आखिरी दलील और इस दलील के आगे बेचारी की क्या चलती?

बालगोबिन भगत की मौत उन्हीं के अनुरूप हुई। वह हर वर्ष गंगास्नान करने जाते। स्नान पर उतनी आस्था नहीं रखते, जितना संत-समागम और लोक-दर्शन पर। पैदल ही जाते। करीब तीस कोस पर गंगा थी। साधु को संबल लेने का क्या हक? और, गृहस्थी किसी से भिक्षा क्यों माँगे? अत: घर से खाकर चलते तो फिर घर पर ही लौटकर खाते। रास्ते भर खँजड़ी बजाते, गाते जाते; जहाँ प्यास लगती, पानी पी लेते। चार-पाँच दिन आने-जाने में लगते; किंतु इस लंबे उपवास में भी वही मस्ती! अब बुढ़ापा आ गया था, किंतु टेक वही जवानीवाली। इस बार लौटे तो तबीयत कुछ सुस्त थी। खाने-पीने के बाद भी तबीयत नहीं सुधरी, थोड़ा बुखार आने लगा। किंतु नेम-व्रत तो छोड़नेवाले नहीं थे। वही दोनों जून गीत, स्नान-ध्यान, खेतीबारी देखना। दिन-दिन छीजने लगे। लोगों ने नहाने-धोने से मना किया, आराम करने को कहा; किंतु हँसकर टालते रहे। उस दिन भी संध्या में गीत गाए; किंतु मालूम होता है जैसे तागा टूट गया हो; माला का एक-एक दाना बिखरा हुआ! भोर में लोगों ने गीत नहीं सुना; जाकर देखा तो बालगोबिन भगत नहीं रहे, सिर्फ उनका पंजर पड़ा है!

□

भौजी

मैं जिंदगी में पहले-पहल उस दिन पालकी पर बैठा था। भैया की शादी होने जा रही थी, मैं शहबाला था। पालकी पर भैया थे, मैं था। चार मुस्टंडे कहार हमें ढोए जाते। पालकी के भीतर चमकीले गुच्छे लटक रहे, ऊपर कारचोबी का उकाम चमचम कर रहा। आगे-पीछे बाजे बज रहे—ढोल, शहनाई, बाँसुरी, ताशे, सिंघे! सबको मिलाकर एक अजीब ढंग का शब्द हो रहा। बगल में बल्लम लिये और पताका फहराते पायक चल रहे। हमारे बोदल ठाकुर हज्जाम हम पर चँवर डुला रहे। घोड़े तो सवारों को लेकर सर से आगे निकल गए थे, हाथी के घंटे हम सुन रहे थे।

भैया सजे-सजाए थे। रंगीन, चमकदार कपड़े पहने, सिर पर जरी की टोपी दिए। उनके मस्तक पर चंदन की अजीब छाप थी; आँखों में काजल था, एक रूमाल से वह—मसें भीगी हुई हैं जिन पर, अपने उन अधरों को—ढाँपे हुए थे। न जाने भैया के मन में क्या-क्या भाव उठ रहे थे! किंतु मैं तो मस्त था अपनी इस पहली बरात-यात्रा पर, बाजे-गाजों पर। हाँ, कभी-कभी सोचता, भौजी भैया से पहले तो मैं देखूँगा न!

शाम को बरात दरवाजे लगी। अच्छी बरात थी, अच्छा परिछावन हुआ। चूने से पुता हुआ भैया की ससुराल का वह खपरैल मकान कोलाहल से फटा जा रहा था। दरवाजे के भीतरी हिस्सों में स्त्रियों का

एक अच्छा-खासा झुंड भैया का चुमावन कर रहा था। भैया के हाथों में पान-सुपारी रखे गए, रुपए रखे गए, दही की छोटी मटकी रखी गई। भैया की इस आवभगत पर मेरे मन में कुछ ईर्ष्या जगी ही थी कि एक युवती मेरे गाल पर दही लगाकर ठठा पड़ी—हँसी की एक तरंग-सी उठ गई। सभी स्त्रियाँ— नहीं युवतियाँ—ठहाके मारकर जोर-जोर से हँस रही थीं।

इस हँसी के साथ हमारे कानों में अट्टहासों का एक हुजूम आकर टकराया। दरवाजे के बाहरी हिस्से में सरातियों और बरातियों में दिल्लगियाँ चल रही थीं। दोनों पक्ष जबानदराजी से नहीं, अट्टहासों के जोर से एक-दूसरे को पराजित करने की कोशिश कर रहे थे। बहुत देर तक हँसी होती रही, किंतु अंत में हँसी-हँसी में तनातनी हो गई—मक्खन में मानो रेत मिल गई! बरात में मेरे फूफाजी भी आए हुए थे। मेरे फूफाजी गोरे खूबसूरत नौजवान थे। चंपारण में उनका घर था। उस जमाने में उनके यहाँ सिर पर जुल्फ रखाने का रिवाज था। शौकीन नौजवान सिर पर लंबे घुँघराले बाल रखते, जिन्हें कंघी से दो हिस्सों में बड़ी सुघराई से बाँटे रहते। भैया की ससुराल का गाँव संस्कृति के लिहाज से बहुत पिछड़ा था, इसमें तो शक ही नहीं। फूफाजी के इन बालों पर किसी ने भद्दा मजाक कर दिया। फूफाजी शरीफ थे, चुप रहे। किंतु, हमारे पक्षवालों ने इसे बुरा मान लिया—उनके अपमान को अपने सर्वश्रेष्ठ आदरणीय अतिथि का अपमान समझा। बात-बात में बात बढ़ गई। किसी ने गुस्से में कह दिया—'बरात लौटा ले चलो।' फिर क्या था, एक अजीब हुड़दंग मच गया।

'चलो-चलो' और 'घेरो-घेरो' का दौर-दौरा हुआ। घोड़ेवाले तो घोड़े दौड़ाकर निकल गए, हाथी को लोगों ने लट्ठ से घेर लिया। बराती-सराती इस तरह से मिल गए कि समझ में नहीं आता था, कौन क्या है! हमारी पालकी एक अजीब ढंग से चक्कर काट रही थी। कभी एक पक्ष उसे दस गज आगे घसीट ले जाता तो कभी दूसरा पक्ष दस गज पीछे। बिचारे कहार हक्के-बक्के बने हुए थे। कभी-कभी मैं

पालकी में ही लाठियों की खट-खट सुनता। यह अजीब बरात! पहली ही बरात का यह अजीब अनुभव! खैर, थोड़ी देर में फिर शांति हुई। मेरे बाबा बड़े ही शांतचित्त व्यक्ति थे। उन्हीं के प्रयत्न से शांति हुई। बरात जनवासे में आई। जब सब लोग निश्चिंत हुए, बाबा को कहते सुना, "बुरी जगह पोते की शादी की! भगवान् इनकी छाप से इनके बाल-बच्चों को बचाए।"

□

भारतीय परिवार में भौजी का वही स्थान है, जो मरुभूमि में 'ओयसिस' का। धधकती हुई बालू की लू-लपट में दिन-दिन, रात-रात, चलते-चलते, जब मुसाफिर दूर से खजूरों की हरी-हरी फुनगी देखता है, उसकी आँखें ही नहीं तृप्त हो जातीं, उसके शरीर का रोम-रोम पुलकित और उसकी शिराओं का एक-एक रक्तबिंदु नृत्यशील हो उठता है। कुछ क्षणों के लिए उसका सारा जीवन हरीतिमामय हो जाता है। खजूरों की उस झुरमुट में वह मीठे फल और मीठा पानी पाता है। एकाध दिन वहीं रहकर वह आनंद मनाता है, रक्त-संचय करता है, फिर ताजगी और नई उमंग लेकर आगे बढ़ता है—आगे, जहाँ फिर वही अनंत बालुका-राशि है।

भारतीय जीवन में यह जो रूखा-सूखापन सर्वत्र दीख पड़ता है, उसका कारण ढूँढ़ने में अपना वक्त बरबाद नहीं करूँगा। लेकिन, आप जिधर जाइए, इधर-उधर जिधर नजर दौड़ाइए, उसका राज्य-साम्राज्य पाएँगे। खिंचा-खिंचा चेहरा, रसहीन नयन, दुबला-पतला शरीर, मुरझाया मुर्दों-सा मन—यही है भारतीय मानवता का साधारण ढाँचा! जो कम बोले, हँसे नहीं, मुश्किल से मुसकुराए, हमेशा अपने इर्द-गिर्द मुहर्रम का वातावरण बनाए रहे, उसकी सज्जनता और शिष्टता की प्रशंसा होती है। जिसका खेल-कूद में मन लगा, गाने-बजाने का शौक हुआ या नाट्य-प्रहसन की ओर जिसकी प्रवृत्ति हुई, बस वह लोगों की नजरों से गिरा। मानता हूँ, हम होली खेलते हैं, विजया मनाते हैं और दीवाली सजाते हैं; किंतु वे हमारी जिंदगी के 'पासिंग फेज' हैं। हमारी

जिंदगी के साथ नत्थी हैं बारहमासा, मुहर्रम—मनहूसियत, मुर्दनी!

परिवार को ही लीजिए। पति अपनी पत्नी से बचे-बचे फिरने की कोशिश करता है। पत्नी की शर्म या संकोच का क्या कहना! चुप-चोरी से मिलो, होंठ-होंठ से बातें करो और देखो, हँसी घूँघट या रूमाल से बाहर न निकले! बेटी-बेटे अपने पिता-माता के सामने हँसना-इठलाना बुरा समझते हैं। किसी के घर में अगर कोई वृद्ध पितामह बचे हैं, तब तो मानो सबके मुँह पर ताला लग गया! जवान बहनें भाई के सामने आने-जाने में संकोच करती हैं तो भाई भी उनसे अलग-अलग रहने की कोशिश करता है। छोटे भाई की पत्नी की छाया बड़े भाई पर नहीं पड़नी चाहिए। बहुएँ सास को देखते ही सहम उठती हैं। जेठानी सास नंबर दो का काम करती हैं। जो लड़की हँसती-खेलती, चुहलें करती या तेजी से चलती है, उसकी जिंदगी मुहाल—'तिरिया चंचल अति बुरी।' क्या कवि गिरधरदास नहीं कह गए हैं?

इस तरह के निरानंद और निस्पंद जीवन में भौजी की स्थिति सचमुच अरब में हरा-भरा नखलिस्तान! घर भर में और कहीं जो कुछ हो, जहाँ भौजी, वहाँ विनोद और व्यंग्य हमेशा मँडराया करते हैं, रंग जहाँ तरंग पैदा करता है। किशोरी ननदें और नौजवान देवरों का जमघट—हाहा-हाहा, हीही-हीही—लपट-झपट, उठा-पटक! छोटे-छोटे बच्चे-बच्चियाँ भी जहाँ अपने को रस में सराबोर करने से बाज नहीं आते।

भौजी आई, मेरा घर भी आनंदकुंज बन गया। भौजी अभी बिलकुल किशोरी थीं। उनके अधरों पर पूरा रस नहीं आया था, उनके अंग अभी पूरे भरे नहीं थे। लंबी-पतली छड़ी-सी! लेकिन सोने की छड़ी नहीं, इसे कहने में मैं संकोच नहीं करूँगा। उनका वर्ण द्रविड़-आर्य रक्त के सुंदर सम्मिश्रण का नमूना था। वर्ण ही नहीं, गठन भी। उन्नत ललाट, भवें उठी हुईं, पतली-पतली। काले बालों में घुँघरालापन, जब उन्हें खोलती, तब अजीब लहरदार मालूम होते वे—गिरदाबों से भरी यमुना की धारा! नाक ललाट के नजदीक जाकर जरा चिपक-सी

गई; किंतु उसका अग्र भाग काफी सुंदर, मोहक! होंठ कुछ मोटे, किंतु चिबुक का रसीलापन इनके इस किंचित् ऐब को ढँक देता और उन होंठों के भीतर जो पंक्तिबद्ध सुंदर, चमकीले दाँत थे, जब भौजी हँसती, सचमुच मोती झड़ने लगते! मुझे अपने बचपन में तो ऐसा ही मालूम होता था।

थोड़े ही दिनों में भौजी ने सबको अपने स्नेह-सूत्र में बाँध लिया। घर की बड़ी-बूढ़ियों की भी वह प्रशंसा पात्र बन गईं। भौजी उनका सेवा-सत्कार करतीं, उनके आदेशों को सिर-आँखों पर लेतीं। भौजी में हुनर भी अच्छे थे। वह बढ़िया सिलाई करतीं, कसीदा काढ़तीं। जब खाना बनाने लगीं, उनकी तारीफ और बढ़ गई। अच्छा खाना ही नहीं बनातीं, बहुत ही बढ़िया ढंग से परोसतीं। परोसने की भी एक कला होती है, यह भौजी ने सिद्ध कर दिया। भौजी की तारीफें होतीं—भैया की माँ, मेरी चाची, फूली नहीं समातीं। ऐसी सुंदर-सुघड़ पतोहू पाकर भला कौन सास अपने को कृतकृत्य नहीं समझेगी?

भौजी का घर हम देवरों का केलि-भवन था। ज्यों ही गाँव की पाठशाला से छुट्टी मिली, हम दौड़े-दौड़े भौजी के घर घुसे। भौजी हँसकर हमारा स्वागत करतीं, जलपान करातीं, सुपारी-लौंग देतीं, जिनमें मुनक्के भी मिले होते। भौजी से गप्पें लड़तीं, खेल होते! दिल्लगियाँ होतीं, गालियाँ होतीं—हाथापाई और धमाचौकड़ी भी। भौजी अभी किशोरी ही थीं, हम कई देवर मिलकर उन्हें पराजित भी कर देते। कभी-कभी हम मौज में आते तो उस छोटे से घर में ही आँखमिचौनी भी खेल लेते। गृहस्थ का घर था, लंबा-चौड़ा—अगल-बगल, जगह-जगह अन्न रखने की मिट्टी की कोठियाँ पड़ी थीं। एक कोने में एक बड़ा सा काठ का संदूक था। हम उन्हीं की आड़ में छिपते-छिपाते। एक दिन मुझे एक नई बात सूझी। मैं एक कोठी पर चढ़कर घर की मोटी धरन पर जा छिपा। भौजी घर के कोने-कोने में खोजकर हार गईं। कोठियों की ओट में संदूक के पीछे और नीचे मैं नहीं मिला तो उन्होंने कोठियों के पेट में भी झाँकना शुरू किया। इसी

समय मैं धरन पर से अट्टहास कर उठा। वह चौंकीं, चकित हुईं, तब तक मैं कोठी पर होते उनकी गरदन पर था। वह मुझे लिये-दिए खाट पर आ रहीं। हँसते-हँसते हम दोनों के पेट में गुदगुदी लग गई थी।

उस साल जो पहली होली आई, उसकी बात मत पूछिए! वसंत पंचमी से होलिका-दहन तक, एक महीना दस दिनों तक, हम रंग में सराबोर थे। कहीं से खेलते-कूदते आए, या तो भौजी ने ही हमारे गालों में हुदक्का दे दिया या हमने ही उनके गालों पर अबीर मल दी। खास होली के दिन, पहले तो हमने उन्हें खूब मिट्टी-पानी से चहबोच दिया और दोपहर के बाद तो बिलकुल रंग में ही जैसे डुबो दिया हो। गाँव भर की ननदें और देवर आए थे, सबने अपने मन के अरमान निकाले। सबकी खातिर-बात भौजी ने उसी प्रेमभाव से की। सबकी जबान पर भौजी की तारीफ थी। लोग यह भूल ही गए कि भौजी उस गाँव से आई हैं, जिसकी निंदा करते ही सभी बराती लौटे थे।

□

इसके दस बरस बाद की बात है!

मैं अब शहर में पढ़ता हूँ। कभी-कभी ही घर पर जाना होता है। घर भी वह पुराना घर नहीं रह गया। समूचा शीराज बिखर चुका है। एक ही घर में कई चूल्हे जल रहे हैं। आपस में बाँट-बखरा हो चुका है। चाचा और भैया भी जुदा हो चुके हैं; भौजी भी हमसे अलग हैं। उनकी सास, मेरी चाची, मर चुकी हैं। अब भौजी ही अपने घर की मालकिन हैं। उनकी गोद में एक बच्चा है—मेरा प्यारा भतीजा।

लोगों के चूल्हे ही नहीं अलग हुए हैं, दिल भी जुदा हो चुके हैं। न वह प्रेमभाव है, न वह शील-स्वभाव। सारा घर कलह में फँसा हुआ है। मरद तो भर दिन काम-धंधे में फँसे रहते हैं, अलग-अलग खेत-खलिहानों में लगे रहते; किंतु औरतें तो एक ही आँगन में रुटीन के दो-चार काम—खाना बनाना आदि करतीं और बाकी समय में हुक्का पी-पीकर झगड़तीं। खाना बनाते समय भी उनके मुँह बंद रखने की तो जरूरत नहीं होती। कलह-कलह-कलह! सारा घर जैसे नरक बन

गया! घर के कुछ बुजुर्ग; जैसे बाबा या बड़े चाचा—खाने आते तो कुछ देर के लिए जैसे विराम-संधि हो जाती, नहीं तो कलह का चरखा दिन-रात चला करता। हाँ, निद्रा-माई भले ही उसमें कुछ घंटों का व्यवधान कर दें।

और, इस कलह में भौजी का स्थान—कुछ पूछिए मत! खानदान और प्रारंभिक वातावरण का क्या असर होता है, स्पष्ट देखिए। दस वर्षों तक जो बारूद राख के नीचे ढँपी थी, वह अचानक विस्फोट कर उठी है। जिस मुँह से कभी फूल झड़ते, अब उससे विष-बुझे तीर निकलते। भौजी की गालियाँ—अरे, कलेजे को भी जैसे आर-पार कर जाएँ। स्त्रियों का सम्मान होना चाहिए, भाभी का दर्जा माता का है—नई रोशनी की पुस्तकों में मैंने पढ़ रखा था। फिर मैं, एक दिन धीरज खो बैठा। मैं घर की इस कलह से दूर रहने की कोशिश करता, भौजी के बच्चे को दिन भर कंधे पर लिये चलता। मैंने कल्पना भी नहीं की थी कि भौजी के बाणों का निशाना मुझे भी होना पड़ेगा। किंतु, यह क्या? उस दिन मैं खाने गया। देखा, आँगन में कुहराम मचा है। मैंने धीमे से भौजी से कहा—'थोड़ी देर मेहरबानी कीजिए, फिर इस घर को नरक तो रहना ही है।' बस, फिर क्या था, भौजी बरस पड़ीं और एक-पर-एक ऐसे तीर ताक-ताक कर कलेजे में मारे कि मैं आपे में नहीं रहा। क्रोध में पागल हो बेहोशी में क्या करने जा रहा था, यह तब पता चला, जब देखा, भैया मुझे पकड़े हुए हैं और भौजी घर के किवाड़ बंद कर चीत्कार कर रही हैं।

यह नहीं कि भैया मुझसे झगड़ रहे थे या भौजी पर मैंने हाथ छोड़ा था। मुझे अपनी ओर बढ़ते देखकर पहले तो उन्होंने ताने-पर-ताने दिए, जैसे मैं उनसे रुक जाऊँगा; फिर भागकर घर में बंद हो गईं और जोर से चिल्ला पड़ीं, जैसे मैंने उन्हें पीटा ही हो! हल्ला सुनकर भैया दौड़े हुए आए थे और अब मुझे आँगन से बाहर ले जाने की कोशिश में थे। निस्संदेह, मैं अपने इस गुस्से पर शर्मिंदा था। यदि भौजी ने अपना बचाव न किया होता, वक्त पर भैया नहीं आ गए

होते, मुझसे कुछ अक्षम्य अपराध हो गया होता और इसका प्रभाव घर पर क्या पड़ता, कह नहीं सकता!

किंतु, इस घटना से मैंने एक सबक लिया। ज्यों ही घर का सूत्र मेरे हाथों में आया, मैंने अपने परिवार को उस घर से अलग करने का निश्चय कर लिया। अलग मकान बनाया और उसी में चला आया। लेकिन थोड़े ही दिनों में मैंने देखा, भौजी साधारण स्त्री नहीं हैं। जब-तब वह वहाँ आकर भी अपने दिल का बुखार उतार जाती हैं। गाँव ही छोड़ देना पड़ेगा, कभी-कभी मैं सोचता। और शायद वही करता, अगर एक और बात नहीं होती! और खास उसी बात के लिए आज ये पंक्तियाँ लिख रहा हूँ। नहीं तो अपनी स्वर्गीया भौजी की जग-हँसाई के लिए अपनी कलम उठाने से पहले उसे तोड़ देना मैं पसंद करता।

वह कलम टूट जाए, जो निंदा के लिए ही उठती है।

हमारे एक दोस्त हैं—एक संपादक दोस्त। कट्टर राष्ट्रीयतावादी और हम हैं समाजवादी। अतः ऐसे मौके आते ही रहते हैं कि हमसे नाराज होकर अपने पत्र के कॉलमों को हमें खरी-खोटी सुनाने में सर्फ करते हैं। उनकी निर्मम आलोचनाएँ उफ्, हम तिलमिला उठते हैं!

किंतु, यह देखा है, ज्यों ही सरकार ने हम पर प्रहार किया, या किसी दकियानूसी अखबार ने हमारी निंदा की, बस उनकी आलोचनाओं की बैटरी उस ओर मुड़ी। मानो उनकी दलील हो—'ये हमारे हैं, हम इन्हें गाली दें या पुचकारें, भला तुम कौन होते हो इनकी ओर आँख उठानेवाले? आँख उठाओगे तो उसे फोड़ दूँगा।' हाँ, कुछ इसी जोश-खरोश से वह टूटते हैं उनकी ओर! और, यह कहना तो फिजूल ही है कि व्यक्तिगत सुख-दुःख में वे इस तरह हमारे शरीक होते हैं कि यह कल्पना भी नहीं की जा सकती है कि वह हमारे तीव्र आलोचक भी रह चुके हैं।

मेरी भौजी की भी यही हालत थी।

वह हमें गालियाँ देतीं, हमसे झगड़े करतीं, हमारी जिंदगी हराम किए रहतीं। किंतु मान लीजिए, वह बक-झक कर रही हों कि उन्हें

खुश करने या उत्साहित करने को कोई स्त्री बीच में टपक पड़ी और हमें खरी-खोटी सुनाने लगी। फिर क्या, भौजी झट उस पर उलट पड़ीं—"किसने तुम्हें कहा मेरे बीच में पड़ने को? वे बुरे हैं और तुम? हट मेरे सामने से! सूप हँसे छलनी को, जिसमें सहस्सर छेद! मैं तुम्हें नहीं जानती, डायन कहीं की! किंतु, मुझ पर तुम्हारा डायनपन नहीं चलेगा, मैं निकाल लूँगी आँख, खींच लूँगी जीभ। ओझा बुलाके नंगी नचवा दूँगी! मेरे नैहर में है एक ओझा कि जिसे देखते ही डायनें कपड़े खोल देती हैं। हाँ! वे बुरे हैं तो तुम्हारा क्या बिगाड़ा? मैं समझ लूँगी उनसे। मैं दबैल हूँ, जो किसी की मदद खोजूँ? निकल यहाँ से!" यों ही क्या-क्या न बकने लगीं। वह बेचारी भौचक, चुप; रफूचक्कर हुई, नहीं तो हमसे झगड़ा छूटकर उसी से जा जुटा। और इन जबान के झगड़ों में कौन उनसे पार पाए?

फिर, ज्यों ही कोई व्रत-त्योहार आया कि पूरी विराम-संधि हो गई। यों तो भौजी का बदन इस तरह का कसा हुआ था कि वह हमेशा ही अपनी उम्र से छोटी दीख पड़तीं। चालीसवें वर्ष में भी चेहरे पर आब, दाँतों में चमक, छाती पर उभार, चाल में मस्तानापन! किंतु, व्रत-त्योहारों में अपने को सज-धजकर रखने से कभी न चूकतीं। होली में तो जैसे पागल हो उठतीं। अपने अधवयस—चिंता से जर्जर देवरों को खोज-खोज के बुलातीं, हाथापाई करतीं, कीचड़ में उन्हें नहलातीं और स्नानादि के बाद उन पर अबीर व अबरख डालतीं। ऐसी एक भी होली की मुझे याद नहीं, जब भौजी के हाथ से मिट्टी-पानी, अबीर-अबरख पाने और मालपूए-गुलगुले खाने का मौका नहीं मिला हो। भौजी का बेटा सयाना हो चला था, लड़की भी काफी बड़ी हो चली थी। मैंने एक बार कहा, "भौजी, अब इन बच्चों को होली खेलने दीजिए, हम-आप देखा करें।" भौजी बोलीं, "वाह बबुआ, जवानी ढल गई तो क्या मन भी ढल गया? बच्चे अपनी होली खेलें, हम अपनी खेलते हैं—उनके अपने दिल, हमारे अपने दिल!" भौजी का रोआँ-रोआँ हँस रहा था।

और, बच्चों से उनका कितना स्नेह रहता था!

इन झगड़े-झमेलों के बीच भी मेरे घर आतीं और मेरे बच्चों को उबटन और तेल लगा जातीं, काजल लगा जातीं, उन्हें गोद में लेकर खेलातीं-हँसातीं। एक बार देखा—मेरे बच्चे को गोद में लिये उसकी माँ से झगड़ रही हैं और ज्यों ही बच्चा रो उठता है, झट अपना स्तन उसके मुँह में रख देती हैं।

एक दिन इसी तरह का उनका कलह मेरी रानी से चल रहा था कि मेरे बड़े बच्चे के रोने की आवाज आई। झगड़ा छोड़ यह कहती हुई दौड़ीं—किसने मेरे बच्चे को मारा? बाज-सी झपटती उसी ओर गईं और मैंने देखा, बच्चे को लिये दौड़ी आ रही हैं। बच्चा जोर-जोर से रो रहा था। उसे बिढ़नी ने डंक मारा था। बच्चे को मेरी रानी की गोद में रख, दौड़ी-दौड़ी गईं, किरासन तेल ले आईं, गेंदे की पत्तियाँ ले आईं और जहाँ डंक था, वहाँ लगा दिया—यही देहाती दवा थी। बच्चा थरथर काँप रहा था। डंक ज्यादा जहरीला था। उसे बुखार हो आया।

जब तक बुखार रहा, भौजी अपना और मेरा घर-आँगन एक किए रहीं। एक जून तो उनके घर में चूल्हा तक नहीं जल सका। भैया हँसते हुए आए और मेरी रानी की ओर लक्ष्य कर कहा, ''झगड़ा हो तो ऐसा, मेरा खाना बंद हो गया!'' भैया का भोजन मेरे ही घर पर हुआ।

तभी तो, आज भौजी नहीं हैं, मेरी रानी अपने को उनके दोनों बच्चों की 'धर्म की माँ' समझती है और उन दोनों की शादियों में उसने क्या-क्या न किया! भौजी थीं तो कलह थीं। उनकी स्मृति ने उस कलह को स्नेह में बदल दिया है।

मैं जब-जब उस संपादक दोस्त के निकट जाता हूँ, इच्छा होती है, उसके चरण छू लूँ। उम्र में मुझसे बुजुर्ग भी हैं। और, जब-जब भौजी की याद आती है, दोनों हाथ मिलकर मेरे सिर से जा लगते हैं—प्रणाम भौजी!

□

परमेसर

उस दिन अपने दफ्तर में कागज के ढेर और काम की भीड़ में बैठा था कि श्रीराम गाँव से आया और कुशलक्षेम पूछने पर बोला, 'परमेसर बहुत बीमार है, बेजान! जाने बेचारा बचता है कि नहीं!'

परमेसर मेरी पट्टीदारी का ही एक व्यक्ति है; लेकिन न तो इतनी निकटता उससे है, दूसरे उसमें ऐब भी ऐसे हैं, जिनको देखते हुए उसके लिए कामधाम छोड़कर दौड़े-दौड़े बेनीपुर जाने की कल्पना भी नहीं की जा सकती थी। परमेसर फिजूल-खर्च है, आवारा है। सारे घर को उसने बरबाद कर दिया। कर्ज-पर-कर्ज किया, पुश्तैनी जमीन बेच ली, और अंत में, उस साल, उसने अपनी बीवी के गहने बेचकर गाँजा में फूँक दिए। उसने मेरे परिवार की इज्जत में बट्टा लगाया है, अपने घरवालों को संकट और कष्ट में डाला है, खुद भी अब फटेहाली में मारा-मारा फिरता है। कमबख्त मरे, ऐसे आदमी का मरना ही ठीक—मैंने इस तरह के तर्कों से अपने मन को संतोष दिया और फिर काम में लग गया। किंतु ज्यों ही शाम हुई, काम की भीड़ छँटी, थोड़ा निश्चिंत हुआ, परमेसर का ध्यान फिर आया और रात को ही स्टीमर से घर के लिए रवाना हो गया।

यही है परमेसर का घर। पुराने चौपार मकान के बदले यह राममँड़ैया! एक ही राममँड़ैया—वही चौकाघर, भंडारघर, शयनघर!

उसी में उसकी माँ रहती और उसकी पत्नी भी; भाई भी, बाल-बच्चे भी। बूढ़े पिताजी उसी के ओसारे के एक कोने में; और दूसरे कोने में यह परमेसर, पुआल पर पड़ा है—एक पुराने फटे-चिटे दोहर से हवा के लिए आड़ कर दी गई है। उसे भीषण रोग ने पकड़ा है—अतिसार! 104 डिग्री का बुखार और दस्त-पर-दस्त हुए चले जा रहे हैं। सारा वातावरण गंदगी और बदबू से ओत-प्रोत! तो भी बेचारी माँ सेवा में लगी, बूढ़ा बाप हाय-तौबा मचाए हुए और बेचारी पत्नी एक कोने में सिमटी, सिकुड़ी, सहमी, सिसकती!

अतिसार क्यों हुआ? इधर खाने-पीने में दिक्कत थी। कई जून का भूखा था। एक सज्जन शकरकंद खोद रहे थे। उनके पास हँसते हुए गए और हँसी-हँसी में कच्चे शकरकंद पेट भर ठूँस लिया। शकरकंद पचे नहीं, दस्त खुल गए, बुखार दौड़ आया। वह अर्द्धचेतन पड़ा है; कभी-कभी मुश्किल से आँखें खुलती हैं। आँखें—जो बिलकुल धँसकर कोटर नहीं, गह्वर में चली गई हैं।

तंबीह का वक्त नहीं था। निकट के आयुर्वेदीय अस्पताल के वैद्यजी को बुलवाया, उन्होंने देखा, दवा दी; किंतु कहते गए—'लक्षण अच्छे नहीं हैं, रात निभ जाए तो कोई आशा की जाए।' वह रात नहीं निभी—परमेसर चलता बना—घरवालों को रुलाकर, गाँववालों को अफसोस में डालकर!

□

गाँववालों को सिर्फ उसी दिन अफसोस नहीं हुआ। जब-जब होली, दशहरा, दीवाली, छठ या कार्तिक पूर्णिमा आती है, परमेसर के लिए उसाँसें ली जाती हैं।

निस्संदेह परमेसर आवारा था; किंतु उसकी आवारागर्दी एक ऐसी आग थी, जो खुद को जलाती है, लेकिन दूसरे को रोशनी और गरमी ही देती है। बचपन में हम सबके साथ पढ़ने बैठा, तेज था, किंतु पढ़ा नहीं। बड़ा, गोरा, छरहरा नौजवान! एक अच्छे घर में शादी हुई उसकी। कालक्रम से बच्चे भी हुए। उसके पिता बिलकुल सुधुआ थे,

अतः सयाना होते ही घर का मालिक बन बैठा। घर की बागडोर हाथ में आते ही मन की बागडोर ढीली कर दी—मन की, हाथ की। रोज पेठियाँ जाता, जब-तब शहर जाता, हर मेले में जरूर ही जाता; मौका मिले तो तीरथ की दौड़ भी लगा आता। उसके ही लायक कुछ दोस्त भी मिले उसे। गाँजे के दम लगने लगे। पैतृक संपत्ति स्वाहा होती गई। एक दिन ऐसा भी आया कि परमेसर बिलकुल अकिंचन हो बैठा।

किंतु, यह अकिंचनता उसके स्वभाव में परिवर्तन नहीं ला सकी। गाँजा छूटा, भाँग की चिलम जलने लगी। मेरी ओर भाँग को कोई पूछता नहीं, इधर-उधर सब जगह उसका जंगल-सा लगा रहता है। परमेसर जंगल से खूब दलदार पत्तियाँ चुनकर लाता, सुखाता, सँजोकर रखता; खुद पीता, यारों को पिलाता। उसके दरवाजे पर हमेशा एक ढोलक और कई जोड़े झाल बने रहते। शाम हुई नहीं कि परमेसर की राममँड़ैया गुलजार हुई! बारह मास, चौबीस पख, उसके दरवाजे पर मंगल मचता। भले ही कई-कई दिन तक भरपेट भोजन नहीं नसीब हुआ हो, किंतु इससे गाने-बजाने में कोई अंतर नहीं आता। रसिक स्वभाव! दरवाजे पर फूल के कुछ पेड़ जरूर लगे होते और एक बड़ा, गाँव भर से ऊँचा, महावीर झंडा हमेशा लहराता रहता वहाँ। गाँव के बड़े-बूढ़े उसकी निंदा करते, भर्त्सना करते, गालियाँ तक देते; किंतु बच्चों और नौजवानों का झुंड हमेशा उसको आगे-पीछे दौड़ा फिरता।

खेत में 'तोरी' फूली कि परमेसर की 'होरी' पहुँच गई! सरसों का पीला फूल देखते ही परमेसर ने होली गाना शुरू कर दिया। और जिस दिन वसंत पंचमी हुई, उस दिन से तो मानो उसे बदमस्तियों का लाइसेंस मिल गया! पेट काट-काटकर पैसे बचाकर रखता इन दिनों के लिए! डफ पर नया चमड़ा चढ़वाया गया, झाल में नई डोरियाँ लगाई गईं, ढोलक पर नया गद दिलाया गया। शाम से ही जो होली शुरू होती, आधी रात के बाद भी हाहा-हूहू से गाँव में कोलाहल मचा रहता।

और, ऐन होली के दिन!

भोर से ही परमेसर के दरवाजे पर तैयारियाँ देखिए। भैंस का दूध कहीं से किसी तरह ऊपर करता, चीनी न हो तो गुड़ ही सही! बड़ी हसल पर भाँग की पत्तियाँ लोने-के-लोने पीसता-पिसवाता। उन्हें पानी, दूध और गुड़ में मिलाता; खुद छक-छककर पीता, यारों को पिलाता। फिर उन्हें लेकर गाँव में निकलना—चाहे कुरुजन हो या छोटे बच्चे—जो उनके सामने आए, उनपर कीचड़ पड़ी। कोई नाराज हो या गालियाँ दे, परमेसर को क्या परवाह! होली के दिन की गालियाँ तो आशीर्वाद होती हैं न! गाँव भर को भथ-भूथकर वह सरेह में निकलता। जो पथिक उस दिन मेरे गाँव की सीमा से निकले, उसकी तो दुर्गत ही समझिए। कीचड़, गोबर, पानी—बस, सिर से पैर तक उन्हें नहलाया गया। इस कीचड़-उछाल में अजब धमाचौकड़ी मचती। कोई इधर भागा जा रहा, कोई उधर दौड़ रहा—ललकारें दी जा रहीं, हँसी के फव्वारे छूट रहे! इस तरह दुपहरिया आई। तब सब पोखरे में पहुँचे। वहाँ खूब उभक-चुभक हुई। तब घर!

भोजन करके परमेसर की होली-मंडली तैयार हो गई। परमेसर अपने हाथ में डफ लेता। नशे के मारे आँखें लाल बनी हुईं और अबीर से उसके चेहरे और शरीर ही की क्या बात, सिर के बाल तक लाल बन रहे। बीच में परमेसर का डफ—चारों ओर झाल, करताल, झाँझ लिये गाने-बजानेवाले, जिन्हें अपार दर्शक घेरे रहते। परमेसर क्या सिर्फ डफ ही बजाता? निस्संदेह उसके हाथ ताल पर डफ पीटे जाते, किंतु, उसके तो अंग-अंग मानो गा-बजा रहे! उछलता, कूदता, नाचता, हाहा करता, परमेसर केंद्र में ही नहीं था, वह इस साज-सज्जा का पूरा केंद्र-बिंदु था। गाँव के धनी-गरीब एक-एक के दरवाजे पर गाता, बजाता, स्वाँग करता। अंत में वह शिवमंदिर जाता और वहाँ से बड़ी रात बीते चैता गाते लौटता।

परमेसर के बाद भी गाँव में होली होती, किंतु वैसा रंग कहाँ जम पाता?

यों ही दशहरे की दसों रातों में वह गाँव में कोलाहल मचाए

रहता। मेरे गाँव में इन दसों रात में ओझा लोगों द्वारा भूत खेलाने का रिवाज था। अब करीब-करीब खतम हो रहा है। किंतु, इस मृतप्राय चलन में परमेसर ने मानो जान डाल दी थी। अपने दरवाजे पर गाँव-भर के ओझों को नेवता देकर बुला लेता। बीच में धूप जल रही है। धूप के सामने सातों बहन दुर्गा के नाम पर सात जगह चावल, सेंदुर और ओड़हुल के फूल एक पंक्ति में रख दिए हैं। उस पंक्ति के आगे बेंत की एक लाल छड़ी है। ओझा लोग गीत गा रहे हैं, झाँझ बजा रहे हैं। गीत का स्वर उठान की आखिरी चोटी पर पहुँचा नहीं कि उनमें से किसी-न-किसी के शरीर पर कोई भूत-ब्रह्म, चुड़ैल, देवी आदि कई कोटि हैं उनके—आया। भूत आते ही ओझा शरीर हिलाने लगे—पहले धीरे-धीरे, फिर जोर-जोर से। शरीर हिलाते-हिलाते बेंत उठाई और उस बेंत से अपने शरीर पर तड़-तड़ लगे मारने। ओझा बेंत से शरीर को पीटे जा रहे हैं और लोग कह रहे हैं—'देखो महाराज, घोड़ा कमजोर है, ज्यादा पिटाई मत करो।' बड़ी आरजू-मिन्नत के बाद भूत महाराज को दया आई तो छड़ी फेंक ओझा कुहनी जमीन पर पटकने लगे—यहाँ तक कि जमीन खोद दी। बत्ती जलाके मुँह में चबा जाना, हाथ पर धधकती आगवाली ढकनी रख लेना आदि करतब भी दिखाए जाते और अंत में 'भेंटी' ठीकी जाती—मन की बात कहकर, उसकी पूर्ति के उपाय बताकर भूत चला जाता। भूत आते ही दर्शक-मंडली में खलबली मच जाती। अजब-अजब प्रश्न किए जाते, चीजें माँगी जातीं। परमेसर के हाथ में मानो भूतों का सूत्र हो—जिस ओझा पर जिस भूत को चाहे वह मँगा सकता था।

कभी-कभी वह खुद अपने पर भी भूत बुलाता। उसके भूत अजब किस्म के होते। नए हाव-भाव करते, नई बोलियाँ बोलते और उनके आशीर्वाद ऐसे होते कि सुनते ही लोग लोट-पोट हो जाते। प्रायः परमेसर के भूत से ही मजलिस खत्म होती—क्योंकि वह खाँव-खाँव कर लोगों पर, खासकर बच्चों पर टूटता! भगदड़ मच जाती—हँसते-हँसते, परमेसर की यशोगाथा गाते लोग घर आते।

दीवाली कोई सजावे, लुकाठी भाँजने का इंतजाम वह करता। बाँस की कोंपलों के सूखे बोकले इकट्ठे कर बाँस की ही कमाचियों में उन्हें गूँथ लेता और शाम होते ही उनमें आग लगाकर अपनी मंडली के साथ समूचे सरेह को जगमग कर डालता। यों ही होली के होलिका-दहन का प्रबंध भी वही करता। गाँव भर के पुआल, डंठल आदि इकट्ठा कर एक महान् टीला बना देता। जो लोग सीधे नहीं देते, उनकी चीजें चोरी भी करा लेता और उसी पर डाल देता। प्राय: वह खुद ही उसमें आग लगाता और तरह-तरह के कुतूहल से उसे जलाता, बुझाता।

कार्तिक पूर्णिमा—बस, परमेसर अपनी मंडली के साथ गंगास्नान को चला। स्टेशन पर आया, टिकट कौन कटाता है! जब पैसे रहे तो भी टिकट कटाना उसकी शान के खिलाफ था; अब तो पैसे प्राय: रहते ही नहीं। रास्ते भर टिकट चेक करनेवालों से आँखमिचौनी होते जा रही। स्टेशन पर पहुँचने के पहले ज्यों ही गाड़ी धीमी हुई कि रफूचक्कर! कदाचित् स्टेशन पर पहुँच गया तो तार के घेरे फाँद-फूँदकर निकल चला। कभी धक्का-मुक्की भी हो गई तो कभी मारपीट भी कर ली। परमेसर के खयाल से म्लेच्छ को पैसे दे देने के बाद गंगास्नान का कोई महत्त्व नहीं रहता।

पलेजा घाट से लेकर सोनपुर के मेले तक परमेसर क्या-क्या न तमाशे करता—कभी सिर पर त्रिपुंड चंदन किए, गंगा किनारे, यह स्नानार्थियों को सुफल पढ़ा रहा है! कभी मंडली के बीच में परमहंस साधु बना बैठा लोगों की मनोकामना-सिद्धि के लिए भभूत बाँट रहा है! कभी वह ओझा बना कितनी ही कुल-कामिनियों की गोद भर रहा है! इन तमाशों से जो पैसे मिल गए, मंडली भर में मिठाइयाँ बँटीं, गाँजे उड़े! इन तमाशों में प्रवंचना का भाव कभी नहीं था, था तो सिर्फ मनोरंजन का, आमोद-प्रमोद का। प्रवंचना तो उसमें थी ही नहीं। अगर यह होती तो बेचारे की यह दुर्गत क्यों होती? वह उन लोगों में था, जो दुनिया में हँसने-हँसाने के लिए ही आते हैं और हँसते-हँसाते ही चल देते हैं।

□

इधर आखिर में, जब उसकी हालत बड़ी खराब हो गई थी, एक दिन मैंने उसे बुलाकर बहुत समझाया था—"क्यों जी, यह क्या कर रहे हो? अरे, अपनी ओर नहीं देखो, अपने माता-पिता की ओर तो ध्यान दो, यह भी नहीं तो अपने बाल-बच्चों की ही जिम्मेदारी समझो। तुम कोई कुंद जहन आदमी नहीं, तुममें काफी अक्ल है, बुद्धि है, उससे काम लो। खेती-बारी में मन नहीं लगता तो कोई दूसरा रोजगार देखो; शहर में कोई छोटा भोजनालय ही खोल लो, खा-पीके कुछ पैसे बच ही जाएँगे।" मैंने कई ऐसे आदमियों के उदाहरण भी दिए, जो ऐसे छोटे-छोटे रोजगारों से अपनी और अपने परिवार की परवरिश चला रहे थे। उस समय तो कुछ नहीं बोला—कुछ दिनों बाद सुना, परमेसर ने अखाड़ा घाट पर एक भोजनालय खोला है और इस भोजनालय के लिए उसके पास—नहीं-नहीं, उसकी पत्नी के पास—जो आखिरी धन सोने का कंठा था, उसे बेच लिया है।

कंठा बेचने की बात सुनकर मैं चौंका; किंतु फिर सोचा, शायद यही प्रेरणा रूप में उसे उन्नति की ओर ले जाए, ऐसे उदाहरण भी मिलते हैं। किंतु, मेरी यह धारणा गलत निकली। थोड़े दिनों तक तो उसका कारोबार अच्छा चला, किंतु, हाथ में पैसे आते ही फिर भाँग की जगह गाँजे ने ले ली, और एक कारण तो उसने अजीब ही बतलाया, "चाचा साहब, खिलाना तो बड़ा अच्छा लगता है; किंतु खिलाने-पिलाने के बाद कंटाह की तरह पैसे के लिए पीछे पड़ जाना, यह तो बड़ा कठिन काम है। इसमें शक नहीं कि कुछ पैसे मैंने गाँजे में फूँके, किंतु मेरे ज्यादा पैसे तो खानेवालों के जिम्मे रह गए! अच्छा, क्या हुआ—उस जन्म में वे ताड़ के पेड़ होंगे और मैं पीपल बनकर उनकी छाती पर पैदा होऊँगा! खूब वसूल करूँगा उनसे। कैसा—चाचाजी?" वह हँस रहा था—खिलखिल, खलखल!

चाचाजी गुस्से में बोले, "और, उस बेचारी का कंठा तुमने बराबर कर दिया?"

“कंठा-कंठा क्या होगा? अब तो आप ही कहते हैं, सब लोग बराबर होंगे न! सबके कंठे होंगे तो क्या आप लोग उसके लिए नहीं बनवा देंगे? और, आप लोगों का राज न भी हो तो यह करिया मुसहर की जोरू कौन कंठा पहनती है! चाचाजी, सुख मिलता है या तो तकदीर से या मेहनत से। मेहनत मुझसे बनती नहीं, तकदीर अच्छी नहीं है। फिर भाँग पीकर हाहा-हीही करना और इसी हँसी-खुशी में जिंदगी गुजार देना—बस, यही मुझसे होगा, मेरे लिए चिंता मत कीजिए।...”

मैं गुस्से में चूर उसे कहने ही जा रहा था कि वह धीरे से उठा और हँसता हुआ—‘मालिक हैं सियाराम, सोच मन काहे करे’—गाता चलता बना, मानो मेरी बुद्धिमानी पर व्यंग्य कसता!

□

बैजू मामा

आज भी, मेरा खयाल है, अगर आप पटना जेल में जाइए और किसी पुरानी कैदी, वार्डन या जमादार से बैजू मामा के बारे में पूछिए तो वह एक अजीब ढंग की हँसी हँसकर आपको उनकी एक-दो कहानी जरूर सुनाएगा। बैजू मामा पटना जेल की एक खास चीज हैं। लगभग तीस वर्षों से वह जेल को आबाद किए हुए हैं। १९३०, ३२, ३७, ३८, ४०, जब-जब मैं पटना पहुँचा हूँ, तब-तब उनके शुभ दर्शन हुए हैं, उनसे बातें की हैं, खूब हँसा हूँ, और हर बार की हँसी के बाद एक अजीब करुणा का अनुभव मैंने किया है।

जब मैंने कहा कि वह तीस साल से इस जेल को आबाद किए हैं, तब आपने यही सोचा होगा, या तो वह कोई 'दामुली' कैदी हैं—खून करके आए हैं या डाका डाल कर आए हैं, या कोई शोहदा जनाकर हैं! या कम-से-कम आदतन अपराधी तो जरूर हैं। लेकिन मैं दावे के साथ इन सभी आरोपों का खंडन कर सकता हूँ। उनके चेहरे या चाल-ढाल से, कहीं से भी उनमें आप खूँखार या मुजरिम होने का कोई चिह्न नहीं पा सकते। तो भी वे जेल में हैं और तीस वर्षों से हैं। कैसा आश्चर्य?

वह हर बार एक ही अपराध में आते हैं, जिसमें आज तक एक बार में दो साल की कैद से ज्यादा की सजा उन्हें नहीं मिली है। ज्यों

ही छूटकर जाते हैं, उसी अपराध को दुहराते हैं और फिर एक-दो साल की सजा लेकर पहुँच जाते हैं। वह अपराध क्या है? चोरी! आप सोचते होंगे, जरूर वह पक्के चोर हो गए होंगे! उन्होंने गैंग बना लिया होगा! बड़े-बड़े हाथ साफ करते होंगे, जैसाकि जेल में एक-दो बार आकर साधारण चोर भी उस्ताद बन जाता है। लेकिन, अगर वह इस कोटि के चोर होते तो मुझे उन पर लिखने की जरूरत नहीं होती। मुझे अपराध-शास्त्र से कोई दिलचस्पी नहीं कि उनपर अनुसंधान करता!

बैजू मामा एक अजीब चोर हैं। चोरी में तीस साल की सजा वह भुगत चुके, लेकिन अभी तक तीस रुपए वह एक बार कभी नहीं पा सके; नहीं तो उनके ही कथनानुसार—आप उन्हें जेल में नहीं पाते। और 'कबीर' के इस दोहे के अनुसार—

सिंहन के लेंहड़े नहीं, हंसन की नहि पाँत,
लालन की नहिं बोरियाँ, साधु न चले जमात।

उन्होंने आज तक कोई जमात भी नहीं बनाई! तो वह क्या सचमुच साधु हैं? छीः-छीः मैं एक पुराने चोर को साधु कहूँगा? ऐसी, इतनी बड़ी गुस्ताखी करके साधु-समाज में कौन सा मुँह दिखला सकूँगा?

□

मैं ऊँची श्रेणी का कैदी था। इस जेल में ऐसे लोगों की सुख-सुविधा की कोई खास जगह नहीं होने के कारण मुझे अस्पताल में ही रखा गया था। एक दिन मैं अस्पताल की ही छोटी सी बगीची के बीच, छोटे से आम के पेड़ की छाया में बैठा कलम घिस-घिस कर रहा था कि एक बूढ़ा मरीज कंबल ओढ़े आ रहा है। वह धीरे-धीरे आया, कमजोरी के कारण डगमगाता हुआ। फूल की क्यारी में बैठ गया, फिर एक बार हसरत की निगाह से चारों ओर उसने देखा और कंबल के नीचे से एक खुरपी निकाल वह धीरे-धीरे इधर-उधर उग आई घासों की निकौनी करने लगा। थोड़ी देर ही वह निकौनी कर पाया होगा कि

अस्पताल का मेट हाथ में दवा की प्याली लिये उसे ढूँढ़ता हुआ पहुँचा और उसे निकौनी करते देख बौखला उठा, ''मामू, तुम इस बार मरके रहोगे!''

बूढ़ा कैदी सिटपिटा गया। खुरपी छोड़ दी, कंबल सँभाला, दवा के लिए हाथ बढ़ाया। हाथ काँप रहा था। लड़खड़ाई जबान से उसने मिन्नत के शब्दों में मेट से कहा, ''माफ करना भैया, दवा दो।''

''दवा दूँ, खाक! दवा खाकर क्या होगा? तुम्हें क्या पड़ी है भला, जो खुरपी लेकर आ बैठे यहाँ? जाए भाड़ में यह बगीचा!''

''हें-हें; यह क्या कहते हो? देखते नहीं, चार दिन मैं बीमार रहा कि इतनी घास-फूस उग आई!''

''मामू, तू कैदी है या सरकार का बैल? पुराने कैदी की शान तूने धूल में मिला दी! क्या हम जेल में काम करने आते हैं?''

''मेट भैया, तुम ठीक कहते हो। बिलकुल ठीक। जेल का सत्यानास हो, हाकिमों का सत्यानास हो। लेकिन प्यारे, मैं क्या करूँ? न मुझसे बैठा जाता है, न इन फूलों की दुर्गत देखी जाती है! माफ करो; दवा दो—उफ्, जाड़ा लग रहा है।''

बीमार कैदी की आँखों में अब आँसू थे। ऐसे आँसू, जो जबरदस्ती आँसू वसूल करते हैं! मेट की आँखें भी डबडबा आईं। ''तुम इस बार मरोगे, मामू!'' कहकर उसने दवा की प्याली उसके हाथ में दी। हाथ के कंपन से कुछ दवा उसकी ठुड्ढी पर गिर गई, कुछ गले के नीचे गई। दवा पीकर उसने एक बार थूक फेंकी और फिर बैठा नहीं रह सका, कंबल ओढ़े वहीं लुढ़क गया। थोड़ी देर के बाद वह फिर उठ बैठा। एक बार फिर उसने सभी पेड़-पौधों पर हसरत भरी निगाह डाली और खुरपी हाथ में ले अस्पताल की ओर चलता बना। इस बार जाते समय मैंने गौर से उसकी ओर देखा—साठ साल की उम्र, ताँबे का रंग, चेहरे पर झुर्रियाँ, बाल एक-एक सफेद; लेकिन इस बीमारी में भी, जब पैर डगमगा रहे थे, वह तनकर जा रहा था—जैसे वह एक नौजवान हो!

☐

स्वभावतः मैं उस कैदी की ओर आकृष्ट हुआ। वह बैजू मामा थे। इस जेल के कैदियों के मामा, वार्डरों के मामा, जमादारों के मामा, यों कहिए—तमाम पटना जेल के मामा!

अब मैं बैजू मामा के साथ घुल-मिल गया। उनकी बीमारी अच्छी हो गई। वह अपनी खुरपी-कुदाल से दिन भर झगड़ते रहते और मैं उन्हीं की बसाई बगीची में एक आम के पेड़ के नीचे बैठकर उनकी मेहनत-मशक्कत देखता रहता। जब वह थक जाते, मेरे पास आ जाते। न वह बीड़ी पीते, न खैनी खाते। मैं उनका क्या स्वागत करता भला! जेल का सबसे बड़ा स्वागत-सत्कार इन्हीं दो नायाब चीजों से है। खैर, वह मेरे नजदीक पहुँचकर मुझसे 'सुराज' और 'गांधी बाबा' के हाल पूछते और मैं धीरे-धीरे उनकी रामकहानी जानने की कोशिश करता। धीरे-धीरे क्योंकि देखा, बैजू मामा अपनी जिंदगी को बंद किताब बनाकर ही रखना चाहते है। साधारण मुजरिमों की तरह अपनी कहानी बढ़ा-चढ़ाकर कहने की बात तो दूर रही, जब बड़ी खोद-खाद के बाद कुछ कहते भी तो कहते-कहते शर्मीली लड़की की तरह बीच में ही रुक जाते और उनके झुर्रीदार गालों के रंग में कुछ तब्दीली आ जाती। कभी-कभी झुँझलाकर कहते, "बाबू, यह पाप की कहानी क्या सुनते हैं आप? चोर-बदमाश की बातें कहीं सुनी जाती हैं?"

लेकिन, उनकी जिंदगी की एक-एक कड़ी आखिर मैंने जोड़ी ही।

बैजू मामा इसी पटना जिले के बाढ़ सब-डिवीजन के हैं। एक साधारण किसान थे। एक बार हालत ऐसी हो गई कि बैल के अभाव में उनकी खेती रुक गई। कहीं से तीस रुपए कर्ज लिया और गंगा के उस पार बैल खरीदने चले। सुन रखा था, उस तरफ अच्छे बैल मिलते हैं, और सस्ते! गंगा पार कर बैल की कई पेठियाँ में गए, क्योंकि कम-से-कम पैसों में अच्छी-से-अच्छी चीज चाहते थे। इसी दौड़-धूप में उनके दिमाग पर शैतान का कब्जा हुआ। उन्होंने पाया कि उस

तरफ लोग गरमियों में बैलों को घर के बाहर ही बाँध देते हैं और उनकी कोई खास रखवाली नहीं करते। पटना जिले में ऐसा नहीं होता है। शैतान ने उनके कानों में धीरे से कहा, 'बैजू, क्यों न इनमें एक बैल रात में खोल लो और गंगा पार कर जाओ?' यह बात उन्हें भा गई—बैल भी हो जाएगा, पैसे भी बच जाएँगे। खेती भी निभ जाएगी, कर्ज भी नहीं रहेगा। लोग पूछेंगे तो कह दिया जाएगा, बैल मोल लिया है! बस, हल्दी लगी न फिटकिरी, रंग चोखा—बैजू मामा तैयार हो गए।

एक रात एक गाँव से एक अच्छा सा बैल खोलकर वह चल पड़े—गंगाजी की ओर। जिस समय बैल खोलने गए थे, उस समय तो हाथ ही काँपे थे। अब, जब दिन उठ आया, उनका समूचा शरीर काँप रहा था। जैसे कँपकँपी लग गई हो! ठीक से पैर नहीं उठते। जितने लोगों को देखते, मालूम होता, सब उन्हीं की तलाश में हैं। हर आँख मानो उन्हीं को घूर रही, हर उँगली मानो उन्हीं की ओर उठ रही, हर कानाफूसी में उन्हीं की बात हो रही! दिन ढलने पर वह एक देहाती सराय के निकट पहुँचे। उनकी नस-नस ढीली पड़ गई थी। भूख और थकावट से परेशान थे। बैल को एक पेड़ से बाँध, दुकानदार से लोटा-डोरी ले कुएँ पर गए। हाथ-मुँह धोया। हाथ-मुँह धो ही रहे थे कि देखा, एक दफादार उसी दुकान पर आकर बैठ गया है। ऐं, क्या मेरी ही तलाश में है? क्यों न बैल को छोड़कर भाग लूँ? तब तो और भी पकड़ा जाऊँगा! क्या मुझसे भागा जाएगा?…फिर, ऐसा बैल इस जिंदगी में क्या फिर नसीब हो सकता है? नहीं-नहीं, वह मेरी तलाश में नहीं है।

इस तरह सोच-विचार कर वह दुकान पर आए। दुकानदार से दो पैसे के चने लिये; मुँह में रखते थे चना और पेट में फूट रहा था लावा! चने माँगने के समय इनकी मगही बोली सुनी थी, इसलिए जब चने खा रहे थे, दुकानदार ने इनके घर वगैरह के बारे में स्वभावतः ही पूछना शुरू किया और घर के बाद बैल की चर्चा आई। बीच में ही दफादार पूछ बैठा—यह बैल तुम्हारा है? अच्छा बैल है! कितने में खरीदा? यह

सवाल; और बैजू मामा कह रहे थे, सुनते ही उनके होश गायब हो गए। दो-तीन सवाल और, वह दफादार कूदकर इन्हें पकड़ चुका था। चोट्टा कहीं का! यह बैल चालीस रुपए का है? और बाजितपुर की पेठियाँ कहीं बुध को लगती है?

बैल भी गया, उनके पैसे भी छिन गए और पिटाई भी कम नहीं लगी। समस्तीपुर के मजिस्ट्रेट ने एक साल की सजा दी। सजा काटकर निकले तो फिर कौन सा मुँह दिखाने घर जाते—'बंस में कलंक लगाया!'

बंस में कलंक लगाया?—"बैजू मामा, आप कौन जात हैं?" मैंने अचरज में आकर उनसे पूछा; क्योंकि उनका चेहरा बताता था, किसी अच्छे घर के वह हैं। इस सवाल से वह घबरा गए। फिर कहा, "जेल-टिकट में देखिए न? दुसाध लिखा है।"

"जेल-टिकट में जो कुछ लिखा हो, आखिर आप हैं कौन जात? दुसाध तो आप हो नहीं सकते!"

मेरे बार-बार पूछने पर बैजू मामा कुछ उद्विग्न-से हो उठे। उनके चेहरे पर झुर्रियाँ और सघन हो गईं।

"चोर का क्या नाम-धाम या जात-पाँत? चोर, बस चोर है, बाबू! लेकिन हाकिम के सामने तो कुछ बताना ही पड़ता है, बस कुछ लिखा दिया।" उनकी आवाज में एक हार्दिक पीड़ा थी।

"तो क्या आप बाहर ताड़ी-दारू पीते हैं?"

अब तो जैसे उनका धीरज टूट गया हो। भर्राई आवाज में बोले, "हाय बाबू, आप कितने भोले हैं! क्या बिना नसा खाए चोरी हो सकती है? निसाचरी काम के लिए पहले निसाचर बन जाना पड़ता है, बाबू!" उद्विग्नता में ही वह चुपचाप वहाँ से चल दिए।

□

मुझे पता चला था कि उनके घर पर अब भी गिरस्ती होती है—अच्छी गिरस्ती होती है। भाई मर चुके, दो भतीजे हैं, उनके बाल-बच्चे हैं। मैंने बैजू मामा को समझाया कि पुरानी बातें भूल जाइए। इस बार

छूटिए तो गंगा-स्नान करके अपने घर पर चले जाइए। भतीजों से सारी बातें कहिए, उनके साथ रहिए। अब बुढ़ापे का शरीर है, कब जाने क्या हो जाए! जेल में मरिएगा, मिट्टी की दुर्गत होगी। इस आखिरी बात ने उन पर काफी असर किया। एक दिन हृदय खोलकर कहने लगे, "क्या कहूँ बाबू, कई बार यही सोचा। जेल से छूटने पर कई बार घर की ओर चला। लेकिन बख्तियारपुर जाते-जाते पैर बँध जाते हैं! सोचता हूँ, खाली हाथ घर कैसे जाऊँ? भतीजे तो मानने भी लगेंगे, पर उनकी बहुएँ तो पराए घर की बेटियाँ ठहरीं—कहेंगी, 'यह बूढ़ा कहाँ से टपक पड़ा?' कुछ लेकर जाऊँ तो वह भी समझें कि आखिर कुछ लाया तो है! कम-से-कम एक गाय खरीद करके ही ले चलूँ! एक गाय—तीस में तो अच्छी गाय मिल जाती है। लेकिन रुपए कहाँ से आवें? चोर हूँ ही, क्यों न एकाध हाथ और मार लूँ? किंतु, जब-जब ऐसा किया, तब-तब, जब तक रुपए पूरे हों, पकड़ लिया गया और फिर यहीं-का-यहीं।" उफ् तीस रुपए—तीस रुपए! तीस रुपए में बैल और तीस रुपए में गाय! और इसी तीस रुपए में एक की जिंदगी के तीस साल बरबाद हो गए! बेचारा तीस के अजीब गोरखधंधे में फँस गया है! मैं इस तरह सोच ही रहा था कि बैजू मामा फिर बोल उठे—

"एक बात और है, बाबू! जब-जब बाहर जाता हूँ, दिन तो इधर-उधर देखने-सुनने में कट जाते हैं, लेकिन ज्यों ही रात में सोने की कोशिश करता हूँ, मालूम होता है, इस जेल के ये सारे पेड़-पौधे मुझे बुला रहे हैं! यह आम का पेड़, ये अमरूद, वह नीम, यह जामुन—सब-के-सब मेरे ही लगाए हुए हैं, बाबू! मैंने ही इनके पौधे रोपे, इनकी थालों में पानी दिया, निकौनी की। होते-होते आज ये कितने छितनार हो चले हैं! और इन बेलों; गुलाबों, गेंदों का खानदान किसने लगाया, बढ़ाया? इसी बैजू ने बाबू! जब बाहर होता हूँ, रात में ये सब-के-सब मुझे पुकारते-से हैं। हाँ, बाबू, सच कहता हूँ, नींद नहीं आती। सोचता हूँ, हाय उस आम की टहनी को न कोई मरोड़ दे, उस नीम को लोग दातुन कर-करके न सुखा डालें, ये बेलें और गुलाब

के पौधे बिना सिंचाई-निराई के कहीं बरबाद न हो जाएँ? बस, इधर-उधर करके दौड़ा-दौड़ा पहुँच जाता हूँ।"

जब बैजू मामा कह रहे थे, मुझे लग रहा था, मैं कहीं कोई सपना तो नहीं देख रहा हूँ? क्या मैं सचमुच जेल में हूँ? मेरी बगल में बैठा जो यह कह रहा है, क्या यह सचमुच चोर है? क्या चोर का ऐसा ही भोला-भाला चेहरा होता है? क्या उसकी ऐसी ही भोली-भाली बातें हुआ करती हैं? और, क्या उसके ऐसे ही काम होते हैं? जिसने पेड़-पौधे से इतनी तदात्मता प्राप्त कर ली है, जिसे पौधे पुकारते, पेड़ बुलाते हैं—क्या वह निम्न कोटि का अधम अपराधी हो सकता है? अगर यह अपराधी है तो निस्संदेह 'अपराध' शब्द का अर्थ हमें बदल देना होगा।

"और बैजू मामा, अपनी होलीवाली कहानी भी बाबू को जरूर सुनाना।" जब एक दिन मेट ने यह कहा तो देखा, बैजू मामा के चेहरे पर हँसी की एक हलकी झलक दौड़ गई और उनके दाँत—जो तीस वर्षों से जेल की रोटियाँ चबाते-चबाते आधे-आधे घिस गए थे, लेकिन जिनमें टूटे एक भी नहीं थे—चमक पड़े—"अरे मेट भाई, बाबू के सामने बेइज्जत मत करो।" उससे कहकर उन्होंने इधर-उधर की बातों में मुझे बहला देना चाहा। लेकिन, फिर भी मैंने उनसे वह कहानी निकाल ही ली।

एक बार संयोग ऐसा हुआ कि बैजू मामा की रिहाई की तारीख ठीक होली के ही दिन पड़ गई। ठीक होली के ही दिन—जिस दिन, साल भर में सिर्फ एक ही दिन, जेल में पकवान बनते हैं! जेल में पकवान! लेकिन आप ताज्जुब न करें, जहाँ भात में भुस्सी मिली होती है और रोटी में कंकड़; दाल में छिलके-ही-छिलके रहते हैं और तरकारी के नाम पर घास के डंठलों को उसन दिया जाता है, वहाँ के पकवान भी कैसे होंगे—समझ जाइए! लेकिन, पकवान फिर भी पकवान हैं! सरसों के तेल में गुड़ देकर घुने गेहूँ के आटे के पके पूए और थोड़े दूध में पूरा पानी डालकर उबाली गई खीर—ये पकवान भी कैदियों की जीभ पर कम पानी नहीं ला देते। महीनों से इसकी प्रतीक्षा

की जाती है। बैजू मामा की जीभ भी इसकी कल्पना में कम लार नहीं टपका चुकी थी कि खबर मिली, उसी होली के दिन उनकी रिहाई होने वाली है। आह रे, यह क्या गजब हुआ?

बैजू मामा ने जमादार साहब से बहुत ही गिड़गिड़ाकर आरजू-मिन्नत की कि किसी तरह जेलर बाबू से कह-सुनकर उनकी रिहाई की तारीख एक दिन और बढ़ा दें; लेकिन जमादार साहब ने पहले समझाकर, फिर डाँटकर कह दिया कि ऐसा हो नहीं सकता। खैर, रिहाई का दिन पहुँचा। वह गेट पर लाए गए तो उन्होंने देखा, पूए बनाने के लिए तेल और कड़ाहे भीतर भेजे जा रहे हैं। पकवान के इन सामानों को देखकर उनकी आँखें छलछला आईं। जेलर साहब का ध्यान बैजू मामा की ओर आकृष्ट हुआ। भला उनको कौन नहीं पहचानता! जेलर साहब ने समझा, शायद ये आँसू आनंद के या पश्चात्ताप के हैं! कह बैठे, "क्यों बैजू, अब तो फिर नहीं आओगे न? हाँ-हाँ, मत आना, अब तुम बूढ़े भी हुए।" उनका यह कहना था कि बैजू मामा की आँखों में सावन-भादों उमड़ आए और रुँधे हुए गले से बोले—

"बाबू, मेरी तकदीर फूट गई, बाबू!"

जेलर साहब शरीफ मुसलमान! वह यह सुनकर घबड़ा गए। यह क्या बात हुई? पूछा, "क्या हुआ है, बताओ बैजू?" कोई गमी की खबर आई है क्या? वह मन-ही-मन सोचने लगे। बैजू मामा बोले, "हुजूर, आपका इसमें क्या हाथ; मेरी ही तकदीर फूट गई, बाबू!"

"अरे, क्या हुआ, बैजू?" जेलर साहब की उत्सुकता में अब करुणा की मंदाकिनी मिल रही थी।

इधर, बैजू मामा की आँखों के बादल में झड़ी लग गई और हिचकियाँ लेते हुए बोले, "हाय सरकार, जब तेल और कड़ाहे भीतर जा रहे हैं तो मैं बाहर भेजा जा रहा हूँ! भरे बरत के दिन मैं निकाला जा रहा···" वह आगे बोल न सके। इधर जेलर साहब ठठाकर हँस पड़े और अपनी जेब से एक रुपए निकालकर बैजू मामा को देते हुए बोले

कि 'जाओ, बाजार में इसी के पूए खरीदकर खा लेना।' लेकिन, इन चाँदी के चमचम टुकड़े का जरा भी मोह उनके मन में क्यों होने लगा? रुपया जेलर बाबू के पैर पर रख दिया और एक दिन के लिए और जेल में रखे जाने की विनती की। जेलर साहब ने इस बारे में अपनी असमर्थता दिखाई। रुपए बार-बार के आग्रह पर भी नहीं लेकर धोती की खूँट से आँसू पोंछते बैजू मामा बाहर चले आए।

बाहर चारों ओर होली का हुड़दंग मचा था। रंग-अबीर उड़ रही थी, गाने-बजाने हो रहे थे। जेल से जो तीन आने पैसे मिले थे, उनका सत्तू खरीदकर बैजू मामा ने खाया और दिन भर इधर-उधर, अन्यमनस्क तमाशे देखते रहे। शाम को स्टेशन के माल-गोदाम के सामने जाकर लेटे रहे और कुछ अँधेरा होने पर एक बैलगाड़ी के निकट बँधे जोड़े बैल को खोलकर ले चले। गाड़ीवान दिन भर के धूम-धड़क्के से कुछ ऐसा मस्त होकर सोया था कि उसे कुछ सुध नहीं रह गई थी। अब बैजू मामा क्या करें? वह खुद चिल्लाकर कहने लगे, "ओ गाड़ीवान, ओ गाड़ीवान! कैसा बेवकूफ-सा सोया है और चोर तेरे बैल लिये जा रहे हैं!" 'बैल' शब्द कान में पड़ते ही गाड़ीवान चौंक उठा और जिस ओर से आवाज आई थी, दौड़ा। उसे दौड़ते देख बैजू मामा ने भागने का बहाना किया। वह पकड़ लिये गए, कुछ घूँसे खाए। रात भर हाजत में रहे और भोर में फिर जेल में हाजिर!

जेल भर में हल्ला हो गया—बैजू मामा आ गए, बैजू आ गए! किंतु बैजू मामा तो जल्द-जल्द आकर मेट से मिले और कहा, "कहाँ पूए रखे हैं, लाना तो मेट भाई!" मेट हँस रहा था। बैजू मामा उससे कह गए थे कि दो-एक पूए मेरे लिए जरूर चुराकर रख देना, कल मैं जरूर आ जाऊँगा। बैजू मामा आपने 'जरूर' को जरूर ही सार्थक करेंगे, इसकी उम्मीद मेट ने नहीं की थी। ज्यों ही मेट ने कहा, "पूए कहाँ रखे हैं!" बैजू मामा की आँखों से झर-झर आँसू झड़ने लगे—"उफ, इसी पूए के चलते रात उस गाड़ीवान के कितने घूँसे मैंने बरदाश्त कर लिये! रात भर हवाला में पूए का ही सपना देखता रहा हूँ,

मेट भाई! मुदा, हाय री तकदीर!" अब मेट की आँखें भी डबडबा आई थीं। उसने जो पूए अपने लिए बचाकर, चुराकर रखे थे, उन्हें लाकर बैजू मामा के सामने रख दिया। बैजू मामा उस बासी, काठ-से कड़े बन गए तेल के पूए को कुतर-कुतरकर खा रहे थे, जो उनकी आँखों के पानी से नरम और नमकीन होते जाते थे।

□

इस बार वह किस तरह जेल आए हैं, वह भी कम दिलचस्प और दयनीय नहीं है।

इस बार बैजू मामा यह निश्चय कर जेल से निकले थे कि तीस रुपए किसी-न-किसी तरह जरूर जमा करेंगे और उन्हीं रुपयों से एक गाय खरीदकर अपने भतीजे के पास जाएँगे। गाय की डोर पकड़े जब वह लगभग तीस वर्षों के बाद अपने गाँव में घुसेंगे तो गाँव कैसा दीख पड़ेगा! लोग उन्हें पहचानेंगे या नहीं, वह किस तरह अपना परिचय देंगे—आदि की कल्पना में विभोर होते हुए ही उन्होंने जेल से बाहर कदम रखा था।

शुरू में मालूम हुआ, इस बार तकदीर पक्ष में है। बड़ी चोरी में बड़ा खतरा है। और, खतरा लेने का इस बार मौका नहीं था। इसलिए छोटी-छोटी चोरियाँ तीस रुपए के लिए शुरू कीं। एक होटल से दो लोटे उड़ाए, दो रुपयों में बेच लिये। एक मंदिर के अहाते से दो कंबल मार लिये, तीन रुपए उनसे आए। एक वकील साहब के बरामदे से एक शॉल उचक लाए, चार रुपए आए। सबसे बड़ा शिकार एक गोदाम से एक बोरे लाल मिर्चे का किया, जिससे उन्हें नकद बारह रुपए मिले। अब बैजू मामा के पास इक्कीस रुपए थे, सिर्फ नौ रुपए की कमी थी। मिर्चे की चोरी सबसे अच्छी। एक दिन जब वह शहर के बाहर शौच को जा रहे थे, उन्होंने खेतों में लाल मिर्चे लगे देखे। कौन जाने, शहर की चोरी में किसी दिन पकड़ा जाऊँ! क्यों न रात में मिर्चे के खेत में पहुँचूँ और थोड़ा-थोड़ा मिर्चा तोड़कर बेचता जाऊँ!—यही दस-पंद्रह दिन लगेंगे, लेकिन खतरे से तो महफूज रहूँगा न! ऐसा सोचकर वह प्रति रात मिर्चे के खेत में जाते

और एक झोला मिर्चा ले आते और बाजार में किसान की तरह बेच लेते। धीरे-धीरे उनके पास छब्बीस रुपए हो गए। सिर्फ चार रुपए की कमी! हाँ, सिर्फ चार रुपए की।

मंजिल के अंत में पथिक के पैर तेजी से उठने लगते हैं—उसकी रफ्तार में तेजी आ जाती है। एक दिन बैजू मामा इतने मिर्चे तोड़ लाये कि सवा रुपए मिल गए। अब पौने तीन रुपए की कमी रह गई थी।

तीन—हाय, तीन कितनी बुरी संख्या है! उस रात मामा जब खेत में पहुँचे, उन्हें घेर लिया गया। बेचारे किसान कुछ दिनों से परेशान थे कि क्या हो रहा है? उनकी खेती उजड़ रही थी। कई दिनों से वह घुक्की लगाए हुए थे कि आज चोर को उन्होंने देख लिया और दौड़ पड़े। मामा भागें भी तो किस ओर? उन्हें एक अक्ल सूझ गई। जितने मिर्चे तोड़े थे, सब झटपट अगल-बगल में फेंक दिए और इस तरह बैठ गए कि जैसे वह शौच से निवृत्त हो रहे हैं! चारों ओर से लोग घेरे हुए हैं, बोले नहीं।

एक ने कहा, "उठते हो या लाठी लगाऊँ!"

मामा खड़े हो गए। धोती इस तरह किए कि जैसे शौच से उठे हैं। वह मन-ही-मन सोच रहे थे कि शायद मैं बच गया कि उसी समय खेत की बगल से जानेवाली सड़क से एक मोटर गुजरी और उसकी दपादप रोशनी में उनकी बगल में बिखरे मिर्चे दिखाई पड़े। और बाबू, डर के मारे पेशाब भी तो नहीं हो पाया था न!" मुझसे मामा ने हँसते हुए कहा। अब क्या, चोरी साफ-साफ पकड़ ली गई। मामा फिर थाने में हाजिर किए गए। फिर वही हवालात—फिर वही बाढ़ का छोटा जेल, फिर वही मजिस्ट्रेट की अदालत!

लेकिन इस बार विशेषता यह हुई कि किसी तरह पुलिस ने पता लगा लिया कि मामा पुराने मुजरिम हैं। फलत: उनपर सेशन चलाने की तैयारियाँ कीं। नौजवान मजिस्ट्रेट ने पुलिस की बात मान ली! दारोगा ने गोलियाँ देते हुए कहा, "बूढ़े, इस बार तुम्हें पाँच साल के लिए चक्की पीसनी होगी।"

सेशन जज एक बूढ़ा आदमी था। जब उसने मामा से कसूर के बारे में पूछा तो मामा नाहीं न कर सके। झूठ कैसे बोलते भला? हाँ, एक अर्ज की—

"हुजूर, सुनते हैं, सरकार पच्चीस साल काम करने पर अपने नौकरों को पिनसिन देती है। हुजूर भी बूढ़े हुए, अब पिनसिन पाएँगे। मैंने तीस साल जेल में रहकर सरकार का काम किया है! दुहाई सरकार, धरम साछी है, काम करने में कभी कोताही नहीं की। जेलर साहब को बुलाकर पूछिए, जमादार साहब को बुलाकर पूछिए, बैजू बिना काम किए रोटी नहीं खा सकता, सरकार! अब तीस साल की इस गाढ़ी मेहनत के बाद हुजूर, क्या इस बूढ़े को भी पिनसिन का हक नहीं है? दुहाई हुजूर की, दुहाई माँ-बाप की, आप इनसाफ कीजिए। हुजूर से इनसाफ न मिला तो यह बूढ़ा और कहाँ जाएगा?"

यह अजीब दलील थी! किंतु दिल पर इसका असर भले ही हो, दिमाग पर यह क्या असर ला सकता था भला! और, जज तो बँधा है कानून की किताब से। उस कानून की किताब के अनुसार सजा के लिए जो जरूरी बातें चाहिए, सब हाजिर! चश्मदीद गवाहियाँ—अपराध की स्वीकृति! वह किताब जज को यह हक कहाँ देती कि वह देखे कि अपराध क्यों किया गया। उसमें समाज कहाँ तक अपराधी है और आदमी कहाँ तक! आदमी के कृत्य में परिस्थितियों का कहाँ तक हाथ है—आदि-आदि। फिर, आदमी के भीतर जो इनसानियत है, उसे उभरने देने और अपराधी को सही रास्ते पर चलने में मदद करने की ओर ध्यान देना तो उस किताब में जैसे हराम हो! जज बेचारे बूढ़े थे, सहृदय थे; लेकिन जो किताब उन्हें रोटी दे रही थी, इस बुढ़ापे को आराम से बिताने में मदद पहुँचा रही थी, उसकी उपेक्षा वह कैसे करते बेचारे? हाँ, उन्होंने शायद कभी शेक्सपीयर की 'मर्चेंट ऑफ वेनिस' पढ़ ली थी, इसलिए अपने 'इनसाफ' पर इस बार 'रहम' का मुलम्मा चढ़ाने से वह नहीं रुक सके! इस बार बैजू मामा को सिर्फ एक साल की ही सजा हुई।

□

सुभान खाँ

"क्या आपका अल्लाह पच्छिम में रहता है? वह पूरब क्यों नहीं रहता?'सुभान दादा की लंबी, सफेद, चमकती, रोब बरसाती दाढ़ी में अपनी नन्ही उँगलियों को घुमाते हुए मैंने पूछा। उनकी चौड़ी, उभड़ी पेशानी पर एक उल्लास की झलक और दाढ़ी-मूँछ की सघनता में दबे, पतले अधरों पर एक मुसकान की रेखा दौड़ गई। अपनी लंबी बाँहों की दाहिनी हथेली मेरे सिर पर सहलाते हुए उन्होंने कहा—

"नहीं बबुआ, अल्लाह तो पूरब-पश्चिम, उत्तर दक्षिण सब ओर है!"

"तो फिर आप पश्चिम मुँह खड़े होकर ही नमाज क्यों पढ़ते हैं?"

"पश्चिम ओर के मुल्क में अल्लाह के रसूल आए थे। जहाँ रसूल आए थे, वहाँ हमारे तीरथ हैं। उन्हीं तीरथों की ओर मुँह करके अल्लाह को याद करते हैं।"

"वे तीरथ यहाँ से कितनी दूर होंगे?"

'बहुत दूर!"

"जहाँ सूरज देवता डूबते हैं?"

"नहीं, उससे कुछ इधर ही!"

''आप उन तीरथों में गए हैं, सुभान दादा?''

देखा, सुभान दादा की बड़ी-बड़ी आँखों में आँसू डबडबा आए। उनका चेहरा लाल हो उठा। भाव-विभोर हो गद्‌गद कंठ से बोले—

''वहाँ जाने में बहुत खर्च पड़ते हैं, बबुआ! मैं गरीब आदमी ठहरा न! इस बुढ़ापे में भी इतनी मेहनत-मशक्कत कर रहा हूँ कि कहीं कुछ पैसे बचा पाऊँ और उस पाक जगह की जियारत कर आऊँ!''

उनकी आँखों को देखकर मेरा बचपन का दिल भी भावना से ओत-प्रोत हो गया। मैंने उनसे कहा, ''मेरे मामाजी से कुछ कर्ज क्यों नहीं ले लेते, दादा?''

''कर्ज के पैसे से तीरथ करने में सबाब नहीं मिलता, बबुआ! अल्लाह ने चाहा तो एक-दो साल में इतने जमा हो जाएँगे कि किसी तरह वहाँ जा सकूँ।''

''वहाँ से मेरे लिए भी कुछ सौगात लाइएगा न? क्या लाइएगा?''

''वहाँ से लोग खजूर और छुहारे लाते हैं।''

''हाँ-हाँ, मेरे लिए छुहारे ही लाइएगा; लेकिन एक दर्जन से कम नहीं लूँगा, हूँ।''

सुभान दादा की सुफेद दाढ़ी-मूँछ के बीच उनके सुफेद दाँत चमक रहे थे। कुछ देर तक मुझे दुलारते रहे। फिर कुछ रुककर बोले, ''अच्छा जाइए, खेलिए, मैं जरा काम पूरा कर लूँ। मजदूरी भर काम नहीं करने से अल्लाह नाराज हो जाएँगे।''

''क्या आपके अल्लाह बहुत गुस्सावर हैं?'' मैं तुनककर बोला।

आज सुभान दादा बड़े जोरों से हँस पड़े; फिर एक बार मेरे सिर पर हथेली फेरी और बोले, ''बच्चों से वह बहुत खुश रहते हैं, बबुआ! वह तुम्हारी उम्रदराज करें!'' कहकर मुझे अपने कंधे पर ले लिया। मुझे लेते हुए दीवार के नजदीक आए। वहाँ उतार दिया और झट अपनी कन्नी और बसूली से दीवार पर काम करने लगे।

□

सुभान खाँ एक अच्छे राज समझे जाते थे। जब-जब घर की

दीवारों पर कुछ मरम्मत की जरूरत होती है, उन्हें बुला लिया जाता है। आते हैं, पाँच-सात रोज यहीं रहते हैं, काम खत्म कर चले जाते हैं।

लंबा-चौड़ा, तगड़ा है बदन इनका। पेशानी चौड़ी, भावें बड़ी सघन और उभरी। आँखों के कोनों में कुछ लाली और पुतलियों में कुछ नीलेपन की झलक। नाक असाधारण ढंग से नुकीली। दाढ़ी सघन—इतनी लंबी कि छाती तक पहुँच जाए। वह छाती, जो बुढ़ापे में भी फैली-फूली हुई। सिर पर हमेशा ही एक दुपलिया टोपी पहने होते और बदन में नीमस्तीन। कमर में कच्छेवाली धोती, पैर में चमरौंधा जूता। चेहरे से नूर टपकता, मुँह से शहद झरता। भलेमानसों के बोलने-चालने, बैठने-उठने के कायदे की पूरी पाबंदी करते वह।

किंतु, बचपन में मुझे सबसे अधिक भाती उनकी वह सुफेद चमकती हुई दाढ़ी। नमाज के वक्त कमर में धारीदार लुंगी और शरीर में सादा कुरता पहन, घुटने टेक, दोनों हाथ छाती से जरा ऊपर उठा, आधी आँखें मूँदकर जब वह कुछ मंत्र-सा पढ़ने लगते, मैं विस्मय-विमुग्ध होकर उन्हें देखता रह जाता! मुझे ऐसा मालूम होता—सचमुच उनके अल्लाह वहाँ आ गए हैं! दादा की झपकती आँखें उन्हें देख रही हैं और वे होंठों-होंठों की बातें उन्हीं से हो रही हैं।

एक दिन बचपन के आवेश में मैंने उनसे पूछ भी लिया, ''सुभान दादा, आपने कभी अल्लाह को देखा है?''

''यह क्या कह रहे हो, बबुआ? इनसान इन आँखों से अल्लाह को देख नहीं सकता।''

''मुझे धोखा मत दीजिए, दादा! मैं सब देखता हूँ। आप रोज आधी आँखों से उन्हें देखते हैं, उनसे बुदबुदाकर बातें करते हैं। हाँ-हाँ, मुझे चकमा दे रहे हैं आप!''

''मैं उनसे बातें करूँगा, मेरी ऐसी तकदीर कहाँ? सिर्फ रसूल की उनसे बातें होती थीं, बबुआ! ये बातें कुरान में लिखी हैं।''

''अच्छा दादा, क्या आपके रसूल को भी दाढ़ी थी?''

''हाँ-हाँ, थी। बड़ी खूबसूरत, लंबी, सुनहली! अब भी उनकी

दाढ़ी के कुछ बाल मक्का में रखे हैं। हम अपने तीरथ में उन बालों के भी दर्शन करते हैं!''

''बड़ा होने पर जब दाढ़ी होगी, मैं भी दाढ़ी रखाऊँगा दादा! खूब लंबी दाढ़ी।''

सुभान दादा ने मुझे उठाकर गोद में ले लिया, फिर कंधे पर चढ़कर इधर-उधर घुमाया। तरह-तरह की बातें सुनाईं, कहानियाँ कहीं। मेरा मन बहलाकर वह फिर अपने काम में लग गए। मुझे मालूम होता था, काम और अल्लाह—ये ही दो चीजें संसार में उनके लिए सबसे प्यारी हैं। काम करते हुए अल्लाह को नहीं भूलते थे और अल्लाह से फुरसत पाकर फिर झट काम में जुट या जुत जाना पवित्र कर्तव्य समझते थे। और, काम और अल्लाह का यह सामंजस्य उनके दिल में प्रेम की वह मंदाकिनी बहाता रहता था, जिसमें मेरे जैसे बच्चे भी बड़े मजे में डुबकियाँ लगा सकते थे, चुभकियाँ ले सकते थे।

☐

नानी ने कहा, ''सवेरे नहा, खा लो; आज तुम्हें हुसैन साहब के पैक में जाना होगा! सुभान खाँ आते ही होंगे!''

जिन कितने देवताओं की मनौती के बाद माँ ने मुझे प्राप्त किया था, उनमें एक हुसैन साहब भी थे। नौ साल की उम्र तक, जब तक जनेऊ नहीं हो गई थी, मुहर्रम के दिन मुसलमान बच्चों की तरह मुझे भी ताजिए के चारों ओर रंगीन छड़ी लेकर कूदना पड़ा है और गले में गंडे पहनने पड़े हैं। मुहर्रम उन दिनों मेरे लिए कितनी खुशी का दिन था! नए कपड़े पहनता, उछलता-कूदता, नए-नए चेहरे और तरह-तरह के खेल देखता, धूम-धक्कड़ में किस तरह चार पहर गुजर जाते! इस मुहर्रम के पीछे जो रोमांचकारी हृदय को पिघलानेवाली, करुण रस से भरी दर्द-अंगेज घटना छिपी है, उन दिनों उसकी खबर भी कहाँ थी!

खैर, मैं नहा-धोकर, पहन-ओढ़कर इंतजार ही कर रहा था कि सुभान दादा पहुँच गए, मुझे कंधे पर ले लिया और अपने गाँव में ले गए।

उनका घर क्या था, बच्चों का अखाड़ा बना हुआ था! पोते-पोतियों, नाती-नातिनों की भरमार थी उनके घर में। मेरी ही उम्र के बहुत बच्चे रंगीन कपड़ों से सजे-धजे—सब मानो मेरे ही इंतजार में! जब पहुँचा, सुभान दादा की बूढ़ी बीवी ने मेरे गले में एक बद्धी डाल दी, कमर में घंटी बाँध दी, हाथ में दो लाल चूड़ियाँ दे दीं और उन बच्चों के साथ मुझे लिये-दिए करबला की ओर चलीं। दिन भर उछला-कूदा, तमाशे देखे, मिठाइयाँ उड़ाईं और शाम को फिर सुभान दादा के कंधे पर घर पहुँच गया।

ईद-बकरीद को न सुभान दादा हमें भूल सकते थे, न होली-दीवाली को हम उन्हें! होली के दिन नानी अपने हाथों में पूए, खीर और गोश्त परोसकर सुभान दादा को खिलाती। और, तब मैं ही अपने हाथों से अबीर लेकर उनकी दाढ़ी में मलता। एक बार जब उनकी दाढ़ी रंगीन बन गई थी, मुझे पुरानी बात याद आ गई। मैंने कहा—

"सुभान दादा, रसूल की दाढ़ी भी तो ऐसी ही रंगीन रही होगी?"

"उस पर अल्लाह ने ही रंग दे रखा था, बबुआ! अल्लाह की उनपर खास मेहरबानी थी। उनके जैसा नसीबाँ हम मामूली इनसानों को कहाँ!"

ऐसा कहकर, झट आँखें मूँदकर कुछ बुदबुदाने लगे—जैसे वह ध्यान में उन्हें देख रहे हों!

मैं भी कुछ बड़ा हुआ, उधर दादा भी आखिर हज कर ही आए। अब मैं बड़ा हो गया था, लेकिन उन्हें छुहारे की बात भूली नहीं थी। जब मैं छुट्टी में शहर के स्कूल से लौटा, दादा यह अनुपम सौगात लेकर पहुँचे। इधर उनके घर की हालत भी अच्छी हो चली थी। दादा के पुण्य और लायक बेटों की मेहनत ने काफी पैसे इकट्ठे कर लिये थे। लेकिन उनमें वही विनम्रता और सज्जनता थी। और, पहले की ही तरह शिष्टाचार निबाहा। फिर छुहारे निकाल मेरे हाथ पर रख दिए—"बबुआ, यह आपके लिए खास अरब से लाया हूँ। याद है न, आपने

इसकी फरमाइश की थी।'' उनके नथने आनंदातिरेक से हिल रहे थे।

छुहारे लिये, सिर चढ़ाया—ख्वाहिश हुई, आज फिर मैं बच्चा हो पाता और उनके कंधे से लिपटकर उनकी सुफेद दाढ़ी में, जो अब सचमुच नूरानी हो चली थी, उँगलियाँ घुसाकर उन्हें 'दादा, दादा' कहकर पुकार उठता! लेकिन न मैं अब बच्चा हो सकता था, न जबान में वह मासूमियत और पवित्रता रह गई थी! अँगरेजी स्कूल के वातावरण ने अजीब अस्वाभाविकता हर बात में ला दी थी। पर हाँ, शायद एक ही चीज अब भी पवित्र रह गई थी—आँखों ने आँसू की छलकन से अपने को पवित्र कर चुपचाप ही उनके चरणों में श्रद्धांजलि चढ़ा दी।

□

हज से लौटने के बाद सुभान दादा का ज्यादा वक्त नमाज-बंदगी में ही बीतता। दिन भर उनके हाथों में तसबीह के दाने घूमते और उनकी जबान अल्लाह की रट लगाए रहती। अपने जवार भर में उनकी बुजुर्गी की धाक थी। बड़े-बड़े झगड़ों की पंचायतों में दूर-दूर के हिंदू-मुसलमान उन्हें पंच मुकर्रर करते। उनकी ईमानदारी और दयानतदारी की कुछ ऐसी ही धूम थी।

सुभान दादा का एक अरमान था—मसजिद बनाने का। मेरे मामा का मंदिर उन्होंने ही बनाया था। उन दिनों वह साधारण राज थे। लेकिन तो भी कहा करते—'अल्लाह ने चाहा तो मैं एक मसजिद जरूर बनवाऊँगा।'

अल्लाह ने चाहा और वैसा दिन आया। उनकी मसजिद भी तैयार हुई। गाँव के ही लायक एक छोटी सी मसजिद, लेकिन बड़ी ही खूबसूरत! दादा ने अपनी जिंदगी भर की अर्जित कला इसमें खर्च कर दी थी। हाथ में इतनी ताकत नहीं रह गई थी कि अब खुद कन्नी या बसूली पकड़े, लेकिन दिन भर बैठे-बैठे एक-एक ईंट की जुड़ाई पर ध्यान रखते और उसके भीतर-भीतर जो बेल-बूटे काढ़े गए थे, उनके सारे नक्शे उन्होंने ही खींचे थे, और उनमें से एक-एक का काढ़ा जाना

उनकी ही बारीक निगरानी में हुआ था।

मेरे मामाजी के बगीचे में शीशम, सखुए, कटहल आदि इमारतों में काम आनेवाले पेड़ों की भरमार थी। मसजिद की सारी लकड़ी हमारे ही बगीचे से गई थी।

जिस दिन मसजिद तैयार हुई थी, सुभान दादा ने जवार भर के प्रतिष्ठित लोगों को न्योता दिया था। जुमा का दिन था। जितने मुसलमान थे, सबने उसमें नमाज पढ़ी थी। जितने हिंदू आए थे, उनके सत्कार के लिए दादा ने हिंदू हलवाई रखकर तरह-तरह की मिठाइयाँ बनवाई थीं, पान-इलायची का प्रबंध किया था। अब तक भी लोग उस मसजिद के उद्घाटन के दिन की दादा की मेहमानदारी भूले नहीं हैं।

□

जमाना बदला। मैं अब शहरों में ही ज्यादातर रहा। और, शहर आए दिन हिंदू-मुसलिम दंगों के अखाड़े बन जाते थे। हाँ, आए दिन! देखिएगा, एक ही सड़क पर हिंदू-मुसलमान चल रहे हैं, एक ही दुकान पर सौदे खरीद रहे हैं, एक ही सवारियों पर जानू-ब-जानू आ-जा रहे हैं, एक ही स्कूल में पढ़ रहे हैं। एक ही दफ्तर में काम कर रहे हैं—कि अचानक सबके सिर पर शैतान सवार हो गया! हल्ला, भगदड़, मारपीट, खूनखराबा, आगजनी, सारी खुराफातों की छूट! न घर महफूज, न शरीर, न इज्जत! प्रेम, भाईचारे और सहृदयता के स्थान पर घृणा, विरोध और नृशंस हत्या का उल्लंग नृत्य!

शहरों की यह बीमारी धीरे-धीरे देहात में घुसने लगी। गाय और बाजे के नाम पर तकरारें होने लगीं। जो जिंदगी भर कसाईखानों के लिए अपनी गायें बेचते रहे, वे ही एक दिन किसी एक गाय के कटने का नाम सुनकर ही कितने इनसानों के गले काटने को तैयार होने लगे! जिनके शादी-ब्याह, परब-त्योहार बिना बाजे के नहीं होते, जो मुहर्रम की गमी के दिन भी बाजे-गाजों की धूम किए रहते, अब वे ही अपनी मसजिद के सामने से गुजरते हुए एक मिनट के बाजे पर खून की नदियाँ बहाने को उतारू हो जाते!

कुछ पंडितों की बन आई, कुछ मुल्लाओं की चलती बनी। संगठन और तंजीम के नाम पर फूट और कलह के बीज बोए जाने लगे। लाठियाँ उछलीं, छुरे निकले। खोपड़ियाँ फूटीं, अँतड़ियाँ बाहर आईं। कितने नौजवान मरे, कितन घर फूँके! बाकी बच गए खेत-खलिहान, सो अँगरेजी अदालत के खर्चे में पीछे कुर्क हुए।

खबर फैली, इस साल सुभान दादा के गाँव के मुसलमान भी कुर्बानी करेंगे। जवार में मुसलमान कम थे, लेकिन उनके जोश का क्या कहना? इधर हिंदुओं की जितनी गाय पर ममता न थी, उससे ज्यादा अपनी तादाद पर घमंड था। तना-तनी का बाजार गरम! खबर यह भी फैली कि सुभान खाँ की मसजिद में ही कुरबानी होगी।

''ऐं, सुभान खाँ की मसजिद में ही कुरबानी होगी! नहीं, ऐसा नहीं हो सकता।

''अगर हुई, तो क्या होगा? हमारी नाक कट जाएगी! लोग क्या कहेंगे, इतने हिंदू के रहते गो-माता के गले पर छुरी चली!''

''छुरी से गो-माता को बचाना है तो गौरागौरी के कसाईखाने पर हम धावा करें? और, अगर सचमुच जोश है तो चलिए, मुजफ्फरपुर अँगरेजी फौज की छावनी पर ही धावा बोलें। कसाईखाने में तो बूढ़ी गायें कटती हैं, छावनी में तो मोटी-ताजी बछियाँ ही काटी जाती हैं।''

''लेकिन वे तो हमारी आँखों से दूर हैं। देखते हुए मक्खी कैसे निगली जाएगी?''

''माफ कीजिए। दूर-नजदीक की बात नहीं है। बात है हिम्मत की, ताकत की। छावनी में आप नहीं जाते हैं, इसलिए कि वहाँ सीधे तोप के मुँह में पड़ना होगा! यहाँ मुसलमान एक मुट्ठी हैं, इसलिए आप टूटने को उतावले हैं!''

''आप सुभान खाँ का पक्ष ले रहे हैं, दोस्ती निभाते हैं! धर्म से बढ़कर दोस्ती नहीं।''

कुछ नौजवानों को मेरे मामाजी की बातें ऐसी बुरी लगीं कि सख्त-सुस्त कहते वहाँ से उठकर चल दिए। लेकिन कितना भी गुस्सा

किया जाए, चीखा-चिल्लाया जाए, यह साफ बात है कि मामा की बिना रजामंदी के किसी बड़ी घटना के लिए किसी की पैर उठाने की हिम्मत नहीं हो सकती थी। उधर सुभान दादा के दरवाजे पर भी मुसलमानों की भीड़ है। न जाने दादा में कहाँ का जोश आ गया है! वह कड़ककर कह रहे हैं—

"गाय की कुरबानी नहीं होगी! ये फालतू बातें सुनने को मैं तैयार नहीं हूँ। तुम लोग हमारी आँखों के सामने से हट जाओ।"

"क्यों नहीं होगी? क्या हम अपना मजहब डर के मारे छोड़ देंगे?"

"मैं कहता हूँ, यह मजहब नहीं है। मैं हज से हो आया हूँ, कुरान मैंने पढ़ी है। गाय की कुरबानी लाजिमी नहीं है। अरब में लोग दुम्मे और ऊँट की कुरबानी अमूमन करते हैं।"

"लेकिन हम गाय की ही कुरबानी करें तो वे रोकनेवाले कौन होते हैं? हमारे मजहब में वे दखलंदाजी क्यों करेंगे?"

"उनकी बात उनसे पूछो—मैं मुसलमान हूँ, कभी अल्लाह को नहीं भूला हूँ। मैं मुसलमान की हैसियत से कहता हूँ, मैं गाय की कुरबानी न होने दूँगा, न होने दूँगा!"

दादा की समूची दाढ़ी हिल रही थी, गुस्से से चेहरा लाल था, होंठ फड़क रहे थे, शरीर तक हिल रहा था। उनकी यह हालत देख सभी चुप रहे। लेकिन एक नौजवान बोल उठा, "आप बूढ़े हैं, आप अब अलग बैठिए। हम काफिरों से समझ लेंगे।"

दादा चीख उठे, "कल्लू के बेटे, जबान सँभालकर बोल! तू किन्हें काफिर कह रहा है? और मेरे बुढ़ापे पर मत जा—मैं मसजिद में चल रहा हूँ। पहले मेरी कुरबानी हो लेगी, तब गाय की कुरबानी हो सकेगी।"

□

सुभान दादा वहाँ से उसी तना-तनी की हालत में मसजिद में आए। नमाज पढ़ी। फिर तसबीह लेकर मसजिद के दरवाजे की चौखट

पर “मेरी लाश पर हो कर ही कोई भीतर घुस सकता है।” कहकर बैठ गए। उनकी आँखें मुँदी हैं, किंतु आँसुओं की झड़ी उनके गाल से होती, उनकी दाढ़ी को भिगोती, अजस्र रूप में गिरती जा रही है। हाथ में तसबीह के दाने हिल रहे हैं और होंठों पर जरा-जरा जुंबिश है। नहीं तो उनका समूचा शरीर संगमरमर की मुर्ति-सा लग रहा है—निश्चल, निस्पंद! धीरे-धीरे मसजिद के नजदीक लोग इकट्ठे होने लगे। पहले मुसलमान फिर हिंदू भी। अब गाय की कुरबानी का सवाल दादा की आँसुओं की धारा में बहकर न जाने कहाँ चला गया था! वह साक्षात् देवदूत-से दीख पड़ते थे। देवदूत, जिसके रोम-रोम से प्रेम और भाईचारे का संदेश निकलकर वायुमंडल को व्याप्त कर रहा था।

□

अभी उस दिन मेरी रानी मेरे दो वर्ष जेल में जाने के बाद इतने लंबे अरसे तक राह देखती-देखती आखिर मुझसे मिलने 'गया' सेंट्रल जेल में आई थी।

इतने दिनों की बिछुड़न के बाद मिलने पर जो सबसे पहली चीज उसने मेरे हाथों पर रखी, वे थे रेशम और कुछ सूत के अजीबोगरीब ढंग से लिपटे-लिपटाए डोरे, बद्धियाँ, गंडे आदि। यह सूरत देवता के हैं, यह अनंत देवता के, यह ग्राम-देवता के, यों ही गिनती-गिनती, आखिर में बोली, “ये हुसैन साहब के गंडे हैं। आपको मेरी कसम, इन्हें जरूर ही पहन लीजिएगा।”

ये सब मेरी माँ की मन्नतों के अवशेष चिह्न हैं। माँ चली गईं। लेकिन तो भी ये मन्नतें अब भी निभाई जा रही हैं। रानी जानती है, मैं नास्तिक हूँ। इसलिए जब-जब इनके मौके आते हैं, खुद इन्हें मेरे गले में डाल देती है। आज इस जेल में जेल कर्मचारियों और खुफिया पुलिस के सामने उसने ऐसा नहीं किया; लेकिन कसम देने से नहीं चूकी। मैंने भी हँसकर मानो उसकी दिलजमई कर दी।

रानी चली गई, लेकिन वे गंडे अब भी मेरे सूटकेस में सँजोकर रखे हैं।

जब-जब सूटकेस खोलता हूँ और हुसैन साहब के उन गंडों पर नजर पड़ती है, तब-तब दो अपूर्व तसवीर आँखों के सामने नाच जाती हैं—पहली कर्बला की;

जिसमें एक ओर कुल मिलाकर सिर्फ बहत्तर आदमी हैं, जिनमें बच्चे और औरतें भी हैं। इस छोटी सी जमात के सरदार हैं हजरत हुसैन साहब! इन्हें बार-बार आग्रह करके बुलाया गया था—कूफा की गद्दी पर बिठलाने के लिए। लेकिन गद्दी पर बिठाने के बदले आज उनके लिए एक चुल्लू पानी का मिलना भी मुहाल कर दिया गया है। सामने फरात नदी बह रही है, लेकिन उसके घाट-घाट पर पहरे हैं, उन्हें पानी लेने नहीं दिया जा रहा है। कहा जाता है—'दुराचारी, दुराग्रही यजीद की सत्ता कबूल करो, नहीं तो प्यासे तड़पकर मरो।'

बच्चे प्यास के मारे बिलाल रहे हैं; उनकी माँ और बहनें तड़प रही हैं। हाय रे, एक चुल्लू पानी! मेरे—लाल के कंठ सूखे जा रहे हैं, उसकी साँस रुकी है। पानी, एक चुल्लू पानी!

पानी की तो नदी बह रही है और तुम्हें इज्जत और दौलत भी कम नहीं बख्शी जाएगी, क्योंकि तुम खुद रसूल जो हो। लेकिन, शर्त यह है कि यजीद के हाथ पर बेंत करो।

यजीद के हाथ पर बेंत? दुराचारी, दुराग्रही यजीद की सत्ता कबूल कर ले और रसूल का नवाशा? हो नहीं सकता। हम एक चुल्लू पानी में डूब मरना पसंद करेंगे, लेकिन यह नीच काम रसूल के नाती से नहीं होगा।

लेकिन, बच्चों के लिए तो पानी लाना ही है। उन्हें यों जीते-जी तड़पकर मरने नहीं दिया जा सकता!

एक ओर बहत्तर आदमी, जिसमें बच्चे और स्त्रियाँ भी, दूसरी ओर दुराचारी यजीद की अपार सजी-सजाई फौज! लड़ाई होती है, हजरत हुसैन और उनका पूरा काफिला उस कर्बला के मैदान में शहादत पाता है। शहीदों के रक्त से उस सहारा के रजकण लाल हो उठते हैं; बच्चों की तड़प और अबलाओं की चीख से वातावरण थर्रा उठता है। इतनी

बड़ी दर्दनाक घटना संसार के इतिहास में मिलना मुश्किल है। मुहर्रम उसी दिन का करुण स्मारक है। संसार के कोने-कोने में यह स्मारक हर मुसलमान मनाता है। भाईचारा बढ़ाने पर हिंदुओं ने भी इसे अपना त्योहार बना लिया था, जो सब तरह ही योग्य था।

और, दूसरी तसवीर सुभान दादा की—

जिनके कंधे पर चढ़कर मैं मुहर्रम देखने जाया करता था। वह चौड़ी पेशानी, वह सुफेद दाढ़ी, वे ममता भरी आँखें, वे शहद टपकानेवाले होंठ, उनका वह नूरानी चेहरा! जिनकी जवानी अल्लाह और काम के बीच बराबर हिस्से में बँटी थी! जिनके दिमाग में आला खयाल थे और हृदय में प्रेम की धारा लहराती थी! वह प्रेम की धारा— जो अपने-पराए सबको समान रूप से शीतल करती और सींचती है।

मेरा सिर सिज्दे में झुका है—कर्बला के शहीद के सामने! मैं सप्रेम नमस्कार करता हूँ—अपने प्यारे सुभान दादा को!

□

बुधिया

एक छोटी सी पठिया फुदकती हुई आकर चमेली की ताजा, नरम-नरम पत्तियों को ताबड़-तोड़ नोचने और चबाने लगी। उस दिन तक मुझमें वह कलात्मक प्रवृत्ति नहीं जगी थी कि उस नन्हे खूबसूरत जानवर का वह फुदकना, अपने लंबे कानों को फटफटाते हुए पत्तियों का वह नोचना, फिर चौकन्नी आँखों से इधर-उधर देखते हुए लगातार मुँह चलाना और जब-तब, शायद माँ की याद में, 'में-में' चिल्ला उठना—मैं विस्मय-विमुग्ध होकर देखता-सुनता रहता। उस दिन तो सबसे बड़ी ममता थी उस चमेली पर, जिसकी कलम मैं दूर के गाँव से लाया था। जिसे मैंने अपने हाथों रोपा और सींचा था और जिसकी एक-एक पत्ती निकलते देखकर मैं फूला नहीं समाता था। इस छोटी सी दुष्ट पठिया ने सब सत्यानास में मिला दिया—मैं गुस्से में चूर उसे मारने दौड़ा। वह हिरन के बच्चे-सी छलाँग लेती भागी! मैं पीछे लगा।

मत मारिए बाबू!—यह बुधिया थी। बुधिया, एक छोटी सी बच्ची। सात-आठ साल से ज्यादा की क्या होगी! कमर में एकरंगे की खँडुकी लपेटे, जिसमें कितने पैबंद लगे थे और जो मुश्किल से उसके घुटने के नीचे पहुँचती थी। समूचा शरीर नंग-धड़ंग, गर्द-गुबार से भरा! साँवले चेहरे पर काले बालों की लटें बिखरीं, जिनमें धूल तो साफ थी और जुएँ भी जरूर रही होंगी। एक नाक से पीला नेटा निकल

रहा, जिसे वह बार-बार सुड़कने की कोशिश करती। उसकी बोली सुन, और शायद यह सूरत देखकर भी, इच्छा हुई, एक थप्पड़ अभी उसके गाल पर जड़ दूँ, कि उसके पैर के नीचे जो नजर पड़ी तो ध्यान उस ओर बँट गया और मेरा लड़कपन का मन वहीं जा उलझा।

"अरे, तूने यह क्या बना रखा है?" मैं नजदीक बढ़कर देखने लगा। देखा, निकट के पोखरे से गीली-चिकनी मिट्टी लाकर वह तरह-तरह के खिलौने बनाए हुए है। खेत में सरसों, चना-मटर वगैरह के फूल लाकर उन खिलौनों को खूब सजा रखा है उसने। खिलौनों की खास शक्लें तो थीं नहीं; हाँ, आदमी के-से आकार, जो रंग-बिरंगे फूलों से सजे होने के कारण जरूर ही भले दिखते थे! मैंने पूछा, "यह क्या है?" वह कुछ शरमाई।

"आप मारिएगा नहीं न, तो बताऊँ!"

"आज पीटता जरूर? लेकिन माफ कर दिया।" वह मुसकुरा रही थी। "बैठ गई।" बैठिए न! उस गंदगी में मैं क्यों बैठने लगा! झुककर देखने लगा; उसने शुरू किया—

"यह है दुलहा—सिर पर मोर। सरसों के फूल की ओर इशारा करती—बसंती मोर! यह है दुलहन—कैसी भली चूँदरी, मटर-चने के फूलों की। इनकी होगी शादी। खूब बजेंगे बाजे। दो-तीन बार उसने पेट पीटा, फिर मुँह से सीटी दी—ढोल भी, शहनाई भी! यह है कोहबर-घर—धूल से चौकोर घेरकर बनाया। यह है फूल सेज—आम के हरे पत्तों पर कुछ फूल बिखरे। इस पर सोएँगे दोनों। और मैं गाऊँगी गीत।"

वह कुछ गुनगुनाने लगी। गाती, झूमती। कुछ देर तल्लीन! मैं देखा-सुना किया। फिर मेरा ध्यान अपनी चमेली की ओर गया। दौड़ा—एक-एक पत्ती गिनता, अफसोस करता। पठिया को जिंदा चबाने की कसमें खाता। बुधिया को गालियाँ देता...

□

"मालिक, जरा घास में हाथ लगा दीजिए न!"

सिर नीचा किए, फिर बात पर तर्क-वितर्क करता मैं गाँव से उत्तर की उस सड़क पर शाम को हवाखोरी कर रहा था कि यह आवाज सुन सिर उठाकर देखा।

झुटपुटा हो चला था। सड़क के नीचे खेत में एक युवती-सी खड़ी मालूम हुई। घास का गट्ठर उसके पैर के नीचे बगल में पड़ा था।

मैं झल्ला उठा। उसकी शोखी पर क्रोध आया। मैं अब शहरी आदमी हूँ। साफ कपड़े पहनता। गँवई के लोगों की गंदगी से दूर रहने की कोशिश करता। फिर, मैं घसहारा, चरवाहा थोड़े हूँ, जो घास के गट्ठे उठाता फिरूँ? गाँव में ऐसा कौन है, जो मुझसे ऐसा कहने की जुर्रत करे? लेकिन देखिए इसे, जिसने···

"उठा दीजिए न!"

मैंने घूरकर उसके चेहरे को देखा। आकृति और आवाज में तारतम्य बिठलाया। 'अरे, यह तो बुधिया है। जवान हो गई? इतनी जवान? इतनी जल्दी?'

इधर-उधर देखा, कोई नहीं। शाम हो रही है, बेचारी को कौन उठा देगा? द्रवीभूत मैंने घास के गट्ठे में हाथ लगा दिए। वह गट्ठ लिये झूमती चली गई।

उसी समय एक ठहाका सुनाई पड़ा और थोड़ी देर में जगदीश मेरे नजदीक पहुँच चुका था। आखिर आपको भी इसने फँसाया! जगदीश की आँखों में शरारत थी, आवाज में व्यंग्य! फिर उसने मानो बुधिया-पुराण कहना शुरू किया—

"अब बुधिया पैबंदवाली बुधिया नहीं है। अब उसकी चूनर का रंग कभी मलिन नहीं होता। उसकी चोली सिवाई पट्टी का दर्जी सीता है। माना वह रोज घास को आती-जाती है, लेकिन उसके हाथ में ठेले की क्या बात, आप घिस्से भी नहीं पाएँगे। रंग वही साँवला है, लेकिन उसमें गड़हे के सड़े पानी की मुर्दनी नहीं है, कालिंदी का कलकल-छलछल है, जिसके कूल पर कितने ही गोपाल वंशी टेरते, कितने ही नंदलाल रासलीला का स्वप्न देखते! बुधिया जिस सरेह में निकल

जाती, जिंदगी तरंगें लेती। उसके बालों में चमेली का तेल चपचप करता है, उसकी माँग में टकही टिकुली चमचम करती है। किसी वृंदावन में एक थे गोपाल, हजार थीं गोपियाँ। यहाँ एक है गोपी और हजार गोपाल! इन गोपालों को एक ही नाथ में नाथकर नचाने में बुधिया को जो मजा आता, वह उस गोपाल को सहस्रफण कालिया को नाथने और उसके फण पर नाचने में कहाँ मिला होगा? मालूम होता, द्वापर का बदला राधारानी इस कलियुग में बुधिया की मारफत पुरुष-जाति से चुका रही—वह तड़पती रही और यह तड़पाती है!"

उफ अनर्थ!—मेरा सदाचार-प्रवण हृदय चिल्ला रहा था और मैं सिर नीचा किए उस अँधेरे में घर की ओर लौट रहा था। जगदीश ने दूसरी राह पकड़ी थी। थोड़ी दूर जाने पर, गाँव के नजदीक पहुँचते-पहुँचते, मुझे ऐसा लगा कि मेरी बगल से जैसे शरीर छूता हुआ कोई सन्न से निकल गया । मेरी गरदन आप-से-आप पीछे मुड़ी।

"माफ कीजिए, यह दूसरा कसूर हुआ।" वह ठिठककर खड़ी हुई बोली। वह बुधिया थी। मैं जल उठा—बदमाश, बदचलन! सुनकर सहमने, सकुचाने के बदले वह ठठाकर हँस पड़ी और निधड़क नजदीक आकर कहने लगी—

"बाबू, याद है, मेरी पठिया आपकी चमेली चर गई थी?"

अँधेरे में भी बत्तीसी चमक उठी!

"बदमाश, भाग चल!"

निस्संदेह उस समय मेरा चेहरा लाल अंगार बन रहा होगा।

"और, वह दुलहा, वह दुलहन, वह कोहबर, वह फूल-सेज और वह गीत! गीत सुनिएगा बाबू—

सजनी चललिंहु पिउ-घर ना,
जाइतहिं लागु परम डर ना।…"

वह गाते-गाते भागी—हँसती-इठलाती। उफ, कैसी बेशर्म, बेहया…मैं क्या-क्या न बड़बड़ाया किया, और दूर-दूर से उसके ठहाके की आवाज आ रही थी!

□

गेहूँ की कटनी हो रही थी। मेरे भाई ने कहा, "भैया, आज मजदूर ज्यादा होंगे, लूट लेंगे। जरा खेत चलिएगा? बस, आपको सिर्फ खड़ा भर रहना है, काम तो आप-आप होगा।"

खून में जो कहीं बची-बचाई किसानी वृत्ति है, उसने नए काम के नए अनुभव के कौतूहल से मिलकर मुझे खेत में ला खड़ा किया।

एक पहर रात से ही, जिसमें गेहूँ की पकी बालियाँ डंठल से ही झड़ न जाएँ, चाँदनी-चाँदनी में जो कटनी हो रही थी, वह खतम हो चली थी। बोझे बाँधे जा रहे थे। मजदूर बोझे बाँधते, उनकी स्त्रियाँ और बच्चे गिरी हुई बालियों को अपने लिए चुनते। गिरी हुई बालियों के बहाने कहीं पसही को ही न चुन लें, इसीलिए मेरी यह तैनाती हुई थी।

मैं एक जगह खड़ा चौकसी से अपनी ड्यूटी दे रहा था; लेकिन खेत के एक कोने पर मुझसे दूर एक मजदूर के पीछे एक अधेड़ स्त्री और उसके कई बच्चे ताबड़-तोड़ बाल चुन रहे और मैं कहूँ, कुछ फाउल-प्ले कर रहे थे।

"ऐं, कौन औरत है? तू क्या कर रही है?"

मेरी ऊँची आवाज को औरत ने जैसे सुनकर भी नहीं सुना। हाँ, उसका मर्द शायद उसे डाँट रहा था, ऐसे लगा।

एक बार, दो बार, तीन बार! अपनी अवज्ञा देख गुस्से में चूर मैं उस और बढ़ा। मुझे उस ओर बढ़ते देख उसके चारों बच्चे, जो छह वर्ष की उम्र के अंदर के ही होंगे, उस स्त्री के समीप आ गए। छोटे ने, जो डेढ़ वर्ष का होगा, गुड़ुककर उसके पैर पकड़ लिये। कुछ अलग ही से मैंने डाँटा—

"तू क्या कर रही है, रे?"

हाथ से चुनने का काम जारी रखते हुए ही, झुके-झुके, उसने मुँह फेरकर मेरी ओर देखा और बोली, "सलाम बाबू!"

ऐं यह कौन? अरे, बुधिया? यह बुधिया है, जो कभी खँडुकी पहने थी? कभी जिसकी चूनर नहीं मलिन होती थी? उफ, यह क्या

हुआ? उसका वह बचपन, उसकी वह जवानी और यह···हाँ, बुढ़ापा ही तो। फटा कपड़ा, चोली का नाम नहीं। बाल बिखरे, चेहरा सूखा! गालों के गड्ढे, आँखें के कोटर। और तो और—जो कभी अपनी गोलाई, गठन और उठान से नौजवानों को पागल बना दे, उसके वे दोनों जवानी के फूल, जब वह झुकी बाल चुन रही है, बकरी के थन-से लटक रहे—निर्जीव, निस्पंद!

"बुधिया!"

"हाँ, बाबू!"

मुँह फेरकर मेरी ओर सूखी मुसकराहट से देखा और काम में लगी रही। तब तक उसका आदमी बोझे बाँध चुका था। उसने पुकारा—"जरा इधर आ, हाथ लगा दे।"

बुधिया बाल चुनना छोड़-छाड़कर खड़ी हुई और मेरी ओर देख, फिर एक हलकी मुसकराहट ले उस ओर बढ़ी।

मैंने उसके तनकर खड़ा होते ही देखा, उसका पेट बाहर निकला है, पैर उठ नहीं रहे हैं; ओह—यह गर्भवती है! "तू ठहर, मैं बोझा उठाए देता हूँ!" मैंने कहा।

"ना बाबू, आपसे बोझ उठाने को नहीं कहूँगी। आप नाराज हो जाते हैं!"

उसके आगे के दो दाँत अजीब करुणा बरसाते चमक पड़े।

मुझे धक्-सा लगा। पुरानी बात याद आ गई। वह संध्या, वह घास का गट्ठर, बुधिया का निवेदन, जगदीश का व्यंग्य, मेरी बौखलाहट, उसका पागलपन! उसी समय उसका छोटा बच्चा रो उठा। वह उसकी ओर लपकी और मैं सीधे उसके 'आदमी' के पास पहुँचा। बोझा उठा दिया। वह हट्टा-कट्टा जवान बोझा लेता, झूमता चलता बना। इधर बच्चे के मुँह में सूखा स्तन देती, पुचकारती, दुलराती, हलराती बुधिया बोली—

"बाबू, आपके कै बच्चे हैं? ये बड़े दुष्ट हैं, बाबू ! देह बरबाद करके भी इन्हें चैन नहीं, ये तंग कर मारते हैं!"

बाकी तीन बच्चे भी उससे सटे खड़े थे। एक की देह पर हाथ फेरती, एक की पीठ ठोकती, एक पर आँखों से ही प्यार उड़ेलती, गोद के बच्चे को थपथपाती इस स्थिति में ही मस्त वह क्या-क्या मुझसे बकती रही! मैं एकटक उसकी ओर देखता रहा। आँखें उसकी ओर देखतीं, दिमाग अपना काम किए जाता।

हाँ, बरसात बीत गई। बाढ़ खतम हो गई। अब नदी अपनी धारा में है—शांत गति से बहती। न बाढ़ है, न हाहाकार! कीचड़ और खर-पात का नाम-निशान नहीं। शांत, निस्तब्ध गंगा!

मेरे सामने महान् मातृत्व है—वंदनीय, अर्चनीय।